다문화노래단 '몽땅 Montant' 이야기

다르지만
같은 노래

국립중앙도서관 출판시도서목록(CIP)

다르지만 같은 노래 : 다문화노래단 '몽땅 Montant' 이야기 / 김희
연, 김남훈 지음. ― 부산 : 호밀밭, 2012
    p. ;   cm

ISBN 978-89-962552-9-1 03810 : ₩14000

한국 현대 문학[韓國現代文學]

818-KDC5
895.785-DDC21   CIP2012006213

이 도서의 국립중앙도서관 출판시도서목록(CIP)은 e-CIP홈페이지
(http://www.nl.go.kr/ecip)와 국가자료공동목록시스템(http://www.nl.go.kr/
kolisnet)에서 이용하실 수 있습니다.(CIP제어번호: CIP2012006213)

다르지만 같은 노래
다문화노래단 '몽땅 Montant' 이야기

ⓒ 2012, 김희연 · 김남훈

지은이 김희연 · 김남훈 **초판 1쇄 발행** 2012년 12월 28일 **펴낸곳** 호밀밭 **펴낸이** 장현정 **디자인** 스토리진 storyzine.com
등록 2008년 11월 12일(제338-2008-6호) **주소** 부산 수영구 광안해변로125 남천K상가 B1F **전화** 070-7530-4675
팩스 0505-510-4675 **전자우편** homilbooks@naver.com
Published in Korea by Homilbat Publishing Co, Busan. Registration No. 338-2008-6.
First press export edition December, 2012. **Author** Kim Hee-Yeun, Kim Nam-Hoon
ISBN 978-89-962552-9-1 03810
가격은 겉표지에 표시되어 있습니다.
이 책에 실린 글과 이미지는 저자의 허락 없이 사용할 수 없습니다.

다문화노래단 '몽땅 Montant' 이야기

다르지만 같은 노래

김희연 · 김남훈 지음

|차례|

●

'피진(Pidgin)'과
'크레올(Creole)'

언어를 공부했거나 외국에서 생활했던 사람에게는 아주 낯설지만은 않을 단어, 피진(Pidgin)과 크레올(Creole). 두 단어는 비슷한 의미의 단어로 모두 두 개 이상의 다른 언어가 만나 자연발생적으로 생성된 새로운 언어를 의미한다. 조금 다르다면 크레올(Creole)은 이 피진의 형태가 2세대, 3세대 이상 이어지면서 특정 국가 또는 지역의 공식적인 언어로 지속 사용되는 경우를 말한다.

재미있는 것은, 피진(Pidgin)이라는 말 자체가 피진이기도 하다는 것. 피진은 비즈니스(Business)라는 영어 단어의 중국식 발음으로, 사전에서는 동서양의 무역과 상거래가 활발했던 시기에 생겨난 현상이라고 설명하고 있다. 우리나라에도 이러한 피진의 성격을 가진 단어들이 종종 있는데, 가장 흔한 것은 지금도 빈번하게 사용되고 있는 일본어들이다.

"길동아 와리바시 좀 가져 와라"

"여보! 내 쓰봉 어디 갔어?"

"오늘 작업은 이만 시마이합시다."등등.

사전의 설명과는 다르게 이 새로운 형태의 언어는 대부분 아픈 역사를 품고 있는 경우가 많다. 와리바시, 쓰봉, 시마이가 우리 사회에서 언제부터 쓰이게 되었는지 깊이 생각해보지 않아도 쉽게 알 수 있듯 피진과 크레올은 주로 식민지 시대에 만들어지는 경우가 많으며, 이주와 이민의 역사에서도 흔하게 찾아볼 수 있다. 가장 많게는 영어와 프랑스어 피진이 많고 스페인, 포르투갈 피진 등이 있다. 이중 영어 피진은 대부분 이민국가의 탄생과 관계가 많아 아메리카 대륙 또는 오세아니아 대륙에 집중되어 있다.

따지고 보면 피진과 크레올은 둘 이상의 사회가 통합하는 과정, 즉 다른 문화들이 서로 치열하게 싸우고 침탈하고 우위를 점하는 과정에서 생긴 상처의 기록이라 볼 수 있다. 피진이 크레올까지로 이어지는 경우엔 그 문법상의 차이와 단어의 조합 여부 등 언어통합의 정도에 따라 두 문화 사이에 존재했을 갈등과 상처의 깊이도 가늠할 수 있는 것이다. 역설적으로 이는 다른 문화끼리의 결합이 서로 온전하게 이해되거나 환영받는 경우가 거의 없음을 의미하기도 한다.

그러나 사실 모든 언어는 크레올이다. 모든 언어의 역사는 피진의 역사다. 우리는 어떤 이유에서건 항상 섞이게 마련이고 바로 그 침탈과 저항, 수용과 이해, 통합과 지속이라는 치열한 과정을 통해서만 비로소 새로움은 창조되고 질서도 정립되어진다.

다문화의 이름들

앞서 말했듯 피진은 한 사회 속에 서로 다른 언어들이 함께 존재할 때 생겨난다. 꼭 이주사회나 식민지시대가 아니더라도 일반적으로 하나의 역사와 민족으로 구성된 단일사회 안에서도 여러 종류의 서로 다른 언어적 질서가 있게 마련인 것이다. 방언들이 대표적이다. 제주도 방언은 크레올의 한 형태로 이해될 수 있다. 또 이런 지역방언 말고도 조금 다른 언어적 질서를 목격할 때가 있는데, 세대 간의 언어 차이가 특히 그러하다.

'멘붕'과 같은 단어는 '멘탈붕괴'라는 신조어에 말 줄임까지 더해진 단어다. 이런 젊은이들의 언어 표현은 때로 기성세대로서는 전혀 이해할 수 없는 그들만의 수상한 질서이기도 하다. 그리고 이 수상함 위에서 새로운 소사회가 탄생한다. 언어는 단지 지역 뿐 아니라 세대, 인종, 성별에 따른 다양한 방언을 가지고 있는 것이다. 기성세대는 이러한 작은 사회의 새로운 질서에 대해 언어파괴라는 부정적 해석과 표현을 쓰곤 하지만 사실 같은 사회 안에 이렇듯 다양한 문화가 공존하고 있다는 사실은 애써 부정할 필요 없이 지극히 당연한 사실이기도 하다. 아이러니한 것은, '멘붕'이란 단어가 이제 세대 간을 융합하는 하나의 새로운 피진이 되었다는 사실이다.

다양한 문화의 공존… 다문화(Multi-cutural)사회…
우리는 종종 대한민국은 다(多)문화사회라 말하고, 또 쓰기도 한다.
다양한 형태로 존재하고 있는 여러 사회를 하나의 질서로 통합하는 다
문화와 여러 형태의 질서와 가치를 있는 그대로 인정해주는 다문화…
우리는 어떤 다문화사회에서 살고 있을까?
다문화에 관련된 이름도 역시 많다. 다문화(Multi-cutural), 간문화
(Inter-cultural), 문화다양성 사회(Cultural diversity) 등. 우리는 정
책과 현상에 따라 매번 다른 이름을 붙여 부르고 또 다문화인, 이주민,
이주노동자, 결혼이주여성, 선주민, 정주민 등 사람을 가리키는 이름
역시 그 시각과 사회적 수용 정도에 따라 차이가 난다.
여러 형태의 사회적 질서와 가치를 인정해주는 다문화, 또는 문화다양
성. 우리는 주로 그렇게 말하고는 있지만, 다문화 2세대들의 사회진입
이 이루어질 정도의 역사를 갖추게 된 지금, 다문화라 일컬어지는 우리
사회에서 만들어지고 있는 피진들은 그 반대의 지점, 즉 하나의 질서로
통합 혹은 흡수되고 있는 건 아닐까?

2012년엔 다문화와 관련된 몇 가지 큰 이슈가 있었다. 우선 국내 최초
로 결혼이주여성 출신의 국회의원이 탄생했다. 오원춘이라는 사람의
엽기적인 범죄사건도 있었다. 고용허가제를 손질했지만 당사자들인 이
주노동자들은 분노했다. 이 책에서 이처럼 무거운 이슈와 주제를 다룬
것은 아니지만 여전히 다문화의 여러 모습 중 상당히 많은 부분은 우리
에게 알려져 있지 않고 우리들 스스로도 무관심한 편이다.

다르지만 같은 노래

소수자들의 문화에 대한 경계심이 없어지고 또 긍정적 방향으로 인식이 변화하기까지는 여러 단계의 계기들이 필요하다. 첫 번째로는 우선해당 국가의 음식에 대한 호감이 가장 먼저 선행된다고 한다. 한류현상을 예로 들면, 일본에서는 비빔밥과 냉면에 대한 열풍이 한류를 처음촉진시킨 것으로 기억된다. 그러고 나면 그 나라의 언어에 대한 관심으로 이어져 학습하는 현상이 일어나고 가장 마지막으로 음악, 영화, 공연 같은 예술장르가 수용됨으로써 결국 한 나라의 인식이 긍정적으로변화한다는 것이다.

봉땅은 한국, 중국, 미얀마, 필리핀, 모로코, 미국, 인도네시아, 티베트, 몽골사람들로 구성되어 있다. 저 각각의 나라에 대해 사람들이 가지는 일반적인 인상은 어떤 것일지 궁금하다. 아마도 각 나라가 가진경제력에 대한 인상과 비슷하지 않을까.

하지만 각각의 문화를 경제력과 연관시켜 생각하는 것은 바람직한 인식은 아니다. 경제력이 있다면 각 나라가 자신들의 문화를 다른 나라에소개할 수 있는 기회가 좀 더 늘어날 수는 있겠지만 그 자체로 문화의선진성이나 후진성을 의미하는 것은 아니기 때문이다.
다르다는 것은 모른다는 것을 의미한다. 모름은 두려움을 유발하고 이는 종종 무관심 또는 적대감으로 표현된다. 이렇듯 어떤 국가에 대한사람들의 인식은 잘 모른다는 이유로, 혹은 경제적 상황에 의한 예단을 통해 그저 문화 역시 후진적일 것이라 미루어 짐작하는 경우가 많다. 몽땅은 이런 숱하고 흔한 오해들에 질문을 던지고 싶었다.

우리는 스스로를 설명하며 '몽땅'이란 이름 앞에 '다문화 노래단'이란 수식을 붙일 수밖에 없었다. '다문화'라는 대상과 '노래단(합창단)'이라는 형식에서 사람들이 가장 먼저 갖게 되는 오해는 우리가 자주 받곤 하는 몇 가지 질문에서 확인되는데 대표적인 것이, 어린이 합창단이냐는 질문이다. 가장 많은 질문이었고 그 질문 속에는 다문화를 바라보는 기본적인 의식이나 오해가 포함돼있을 것이다.

몽땅 구성원 중에는 평범한 주부도 있고 자국에서 6집까지 음반을 낸 가수도 있으며, 홍대 인디 씬에서 한창 잘나가는 뮤지션도 있다. 몽땅의 단원들은 매일 출근하고 월급을 받으며 일하는 문화예술인들이다. 세 번에 걸친 공개오디션을 통해 선발되었으며 다양한 이유로 한국에서 살고 있지만 대부분 음악활동 경험이 있거나 음악에 대한 꿈을 갖고 있었던 사람들이다. 무엇보다 몽땅은 공연 마지막에 '아리랑'이나 '고향의 봄'을 부르지 않는다.
몽땅의 노래들은 단원들이 함께 만들어간다. 각 나라의 음계와 리듬이 모두 달라서 이런 음악적 소스들을 일괄적 틀에 맞춘다는 게 사실상 불가능하다. 이는 사업 초기에 합창단을 생각했다가 완전히 포기하게 된 이유이기도 하다. 지금은 각자의 개성을 살릴 수 있는 음악들로 약 20여 곡의 레퍼토리를 가지고 있다.

2011년 6월 10일 첫 공개오디션이 있었다. 몽땅은 이때부터 약 1년간 추진단이라는 임시조직으로 활동했다. 추진단으로 활동한 이유는 처음 몽땅이 만들어질 때 주변에서 보여 준 관심과 우려, 지지와 성원들을 확인하고 또 증명할 수 있는 시간을 갖기 위해서였다. 추진단으로 활동하며 약 80여 회의 공연을 했다. 몽땅 단원들이 자신들만의 공연 콘텐츠를 갖게 되고 함께 회사를 만들어가며 지속적으로 일을 하고 돈을 벌수 있는가하는 가능성을 확인하는 것이 추진단으로 활동하는 동안의 목표였다. 추진단 활동의 바탕과 경험 위에서 2012년 9월 1일, 주식회사 몽땅은 법인화되었고 2012년 11월에는 경기도형 (예비)사회적기업으로 지정되었다.

추진단 활동 기간 동안, 주변에서 우려하던 차별적인 시선을 경험하기도 했다. 특히 한 직원을 지속적으로 협박하는 사람이 있었는데 그는 회사로도 메일을 보냈으며 이주노동자 모두를 범죄자로 취급하고 있었다. 차별적인 시선과는 반대로 온정적인 시각도 있었다. 하지만 우리는 엄연한 예술가들이고 무대에 서는 것이 일인 사람들이기 때문에 단순히 무대에 올랐다는 이유만으로 박수 받고 싶지는 않았다. 가능성만으로 박수를 받고 싶지도 않았다.

몽땅은 '음악을 다룬다.', '차이를 다룬다.', '관계를 다룬다.' 라는 세 가지 원칙을 통해 운영되고 있다. 몽땅의 음악은 여러 나라의 음악적, 문화적, 사회적 특성 속에 스며있는 매력을 발견하고 그 매력을 긍정적 차이로 강조하며 이를 통해 다문화에 대한 인식이 변화하기를 기대한다. 그래서 몽땅의 음악은 멋있어야 했다. 몽땅의 음악은 상처가 스며있지 않은 피진이어야 했다. 우리는 '다른' 노래가 아니라, '다르지만 같은' 노래를 부르려 했다.

●

책을 출판하며

우리의 이야기를 책으로 묶을 수 있게 된 데는 호밀밭 출판사 장현정 대표의 호의와 의지가 있었기에 가능했다. 처음 출판 제안을 받았을 때는 망설임이 있었다. 그래서 장현정 대표에게 솔직히 말씀드렸다.
"우리에게는 사람들이 흔히 생각하는 다문화의 감동은 없습니다."
장 대표는 몽땅의 첫 번째 공연이었던 부산 온천천 공연을 비롯해 지금까지 여러 차례 공연도 보아왔고 누구보다 몽땅을 잘 아는 사람이기도 했다. 그는 자신이 몽땅으로부터 받은 인상을 말해주며 몽땅의 이야기는 사람들이 생각하는 다문화에 대한 상투적인 인식을 바꾸는 좋은 계기가 될 것이라 말해주었다. 다소 과장된 설득이 있었으나, 이 때문에 조금은 부끄러움을 벗고 집필을 시작할 수 있었다.

몽땅은 인천국제공항공사의 사회공헌 프로젝트로 탄생했다. 인천국제공항공사로부터 3년간 창업과 육성, 자립에 이르는 과정까지 지원을 받고 있으며 사회적기업 (주)노리단과 사단법인 씨즈(Seed;s)가 함께 육성하고 있기도 하다. 처음 몽땅이라는 프로젝트를 구상하고 9개국 20여 명의 인생에 의미 있는 변화를 가져다준 인천공항 임직원 및 관계자들께 감사드린다.

사회적기업 (주)노리단은 몽땅의 탄생에 있어 가장 중요한 산파역할을 수행했다. 국내 문화예술분야의 첫 번째 사회적기업으로서 공연콘텐츠의 기획, 단원들의 역량강화, 사회적 경제로서의 비즈니스모델 등을 만들어 주는 데 선배 회사로서 많은 부분을 견인해주었고 격려해주었다. 사회적기업 인큐베이팅을 수행하고 있는 사단법인 씨즈 역시 몽땅이 회사로서의 자격을 갖추고 사회적기업으로서 책임을 수행할 수 있도록 많은 조원과 지원을 아끼지 않았다. 또한 문화다양성의 중요성에 주목하고 이 책의 출간을 지원해준 문화체육관광부와 한국문화예술교육진흥원에도 깊은 감사를 드린다.

다르지만 같은노래
몽땅이야기

이 책에는 한복을 입고 송편을 빚는 푸른 눈을 가진 며느리라거나 고국을 방문하여 가족상봉의 감동을 나눈다는 식의 이야기는 소개되어있지 않다. 대신 이 책에는 조금은 '다른' 사람들의 조금은 소소하고 조금은 무미건조한 일상의 이야기들이 담겨있다. 그리고 바로 그런 일상을 살아가는 사람들이 무대에 서기 위해 노력하고 회사를 창업해가며 서로 갈등하는 이야기들이 가감 없이 담겨있다.

몽땅은 여전히 시작 단계에 있는 회사다. 짧은 경험으로 다문화를 대변할 수는 없을 테고 그러려는 욕심도 없다. 단지 이러한 시도와 생각도 존재한다는 것을 많은 분들에게 소개하고 싶었고 그 간의 이야기를 되돌아보며 몽땅의 단원들과 몽땅을 지지해주시는 분들께 소박하게나마 선물하고 싶었다. 무겁지 않게 이야기하기 위해 세심한 손질을 거쳤으나, 그러다보니 빠진 이야기들도 많다. 다소 부족한 내용이지만 출판을 할 수 있게 되기까지 지지해주고 격려해주신 모든 분들께 다시 한 번 감사드린다.

2012년 12월

김희연, 김남훈

Yes! We a

Yes!
We are different

montant

e different

We are same

We are different
We are same, montant

1-1

오빠와 오빠의 차이
; 뺀빠이야기

어느 날 퇴근길에 오고 갔던 대화다.

"오빠한테 전화 왔는데 못 받았네."

"진짜 오빠예요?"

"응, 그럼 가짜오빠도 있나?"

"그렇구나, 한국말 어려워요. 한국어 수업 때 '오빠=brother'로 배웠는데 영화에서 오빠~ 이렇게 부르더니 뽀뽀하고 막 어어…. 그러는 거예요. 나 깜짝 놀랐어요. 한국은 이런가? 해서"

티베트에서 엄마의 뱃속에 있던 뺀빠는 인도에서 태어나 자라고 한국에서 예술학교를 졸업했다. 애인을 부르는 오빠, 가족을 부르는 오빠, 선배나 동료를 부르는 오빠를 구분하는 것이 3개국을 오가며 살아가는 일보다 뺀빠에게는 더 복잡한 문제다. 15분 이상 한국말로 무언가를 전달하면 두 눈이 스르르 내려온다며 미안해한다. 의자에서 벌떡 일어나 주변을 서성대거나 화장실로 뛰어가 세수를 하고 오기도 하지만 여전히 졸음을 이겨내는 것엔 무리가 있다.

뺀빠는 한국에 온 지 5년이 되었다. 고국에서는 자신의 음악이 담긴 음반을 6개나 발매한 뮤지션이기도 하다. 노래를 부르는 뺀빠의 목소리에는 넓고 넓은 티베트의 하늘과 봉우리를 오가는 바람의 소리가 담겨있다. 바람을 타고 달강거리는 방울소리와 햇살에 빛바랜 룽다의 펄럭임도 들리는 것 같다. 하지만 무대에서 내려 온 뺀빠는 누군가 던지는 질문에 무조건 "네"라고 대답하고, "미안해요"와 "잘못했어요"를 반복하고 살아가던 한국말 서툴고 피부색 까만 외국인이기도 하다.

"뺀빠 지금 우리가 나눈 이야기 이해했어요?"

"아뇨."

"근데 왜 네 라고 대답했어요?"

"어....... 모른다고 하면 화낼까 봐요."

"뺀빠가 한국말 모른다고 하면 누가 화냈어요?"

"한국말 모르면 화내고 짜증내요. 한국말 모르면 무시해요"

"어떻게요?"

"나 어른인데 어린이 대하듯 반말하고 한국에 산지 오래되었는데 왜 한국말 못하냐고 나한테 화내요. 목소리 커지고 내 말 안 들어요. 화내면 나 무서워요"

"그래서 누가 뺀빠 의견 물어보면 무조건 네 라고 하는 거였어요? 화낼까봐?"

"네. 내가 사람 화내게 하면 미안해요. 난 무섭구요."

뺀빠가 말한 화낸다, 무섭다. 이런 표현도 같이 살아가다보니 짜증났다 때로 소통의 장벽이란 너무 그 말과 글에 지나치게 익숙해져서 쉽게 이해하고 알았다고 판단하며 생기는 문제 아닐까 싶다. 소통이란 사실 불통이 당연한 것인데. 대화란 단순히 말을 잘하고 글을 잘 써서 해결되는 것은 아닌데. 말과 글이 서툰 동료들 덕분에 이 곳에서 일하는 한국 사람들은 반대로 한국의 말과 글이 지닌 또 다른 매력을 조금씩 알아 가고 있는 중이다.

▲ 티벳출신의 몽땅단원 빤빠

거나 불편하다거나 기분이 좋지 않다, 긴장된다 등 수많은 감정을 표현하는 단어였지만 한편 언어가 서툰 자신으로 인해 주변 사람들이 겪는 불편함에 미안함을 느끼던 뺀빠에게는 누군가 자신에게 무엇을 요청하거나 물어보면 무조건 "네"라고 대답하는 버릇이 생겼다고 했다.

"그렇게 모르고 네 라고 대답하고 아니면 어떡해요?"
"잘못 했어요, 해요."
"그럼 뺀빠도 속상하고 뺀빠가 이해했다고 생각했던 사람도 속상하지 않을까요?"
"맞아요."
"특히 계약서나 이런 곳에 싸인하거나 할 때 무조건 네라고 대답하고 알았다고 하면 안돼요."
"모른다고 해도 돼요?"
"한국 사람이 티벳에 갔는데 티벳말 서투르다고 뺀빠처럼 하면 뺀빠는 그 사람에게 뭐라고 할건데요? 화 낼 거예요?"
"내가 티벳말 잘 아니까 도와줄 거예요. 화 안 내요."
"뺀빠랑 일 하는 몽땅의 한국 사람들도 그래요. 그러니까 모르거나 이해 안 되면 무조건 네라고 하지 마시고 우리 서로 확인하고 물어보면 어때요?"

다른 나라 사람들과 동료가 되고 서로 사용하는 언어가 다르다보니 도대체 이 곳은 어떻게 서로 대화하는지 주변의 궁금증이 많다. 가장 보편적으로는 한국의 회사이고 한국에서 활동하니 당연히 한글이 주 언어고 다수가 사용하는 영어가 그 다음으로 많이 사용된다.

하지만 1년 전 우리의 대화는 한국어로 말 걸면 영어로 대답하고 중국말로 서로 생각을 나누다가 다시 영어와 한국어, 중국어, 따갈로그의 단어가 짬뽕된 문장으로, 손짓과 발짓, 그림그리기, 몸으로 흉내 내기 등 모든 수단과 방법을 다 통해서 대화를 나누었다. 물론 통번역서비스를 하는 웹의 기능도 한 몫 했다.

오늘.....

신체트레이닝 할때 천천히 것고 소리 크게하는거에서

뭐가 많이 니끔이 달이고

도뭐가 이야기 있는고 니껴줬어요

20110803 뻰빠의 일지 중

이 글을 작성자의 어휘를 살리며 보다 정확한 문장으로 옮기면,

"오늘 신체트레이닝 할 때, 천천히 걷기와 소리 크게 내는 것에서
뭔가 느낌이 많이 다르고 또 뭔가 이야기가 있는 것처럼 느껴졌어요."
로 적을 수 있을 것이다.

하루에 한 번 게시판을 통해 자신의 일과를 적는 일지쓰기는 외국인 단원 뿐 아니라 글쓰기의 목적을 암기하듯 학습하여 점수로 자신의 글을 평가받은 기억이 있는 한국단원들에게도 상당히 부담되는 일이었다. 초반에는 이런 뻰빠의 일지 혹은 다른 외국단원들의 일지에 스스로 빨

간펜 선생님을 자처하는 댓글들이 붙었고 스스로 그런 댓글을 통해 한국말이 서툰 동료의 어학실력을 향상시키게 도울 수 있을 것이란 흐뭇함도 있었다. 맞춤법, 문장기호, 띄어쓰기, 어순을 정리해 주며 글을 다시 교정했던 것이다.

처음에는 가감 없이 자신의 생각을 있는 그대로 적어내던 일지가 점점 한국어 강좌시간처럼 변하고 글쓰기에 어려움을 느끼던 단원들은 하나 둘 일지 쓰는 것을 포기하거나 큰 스트레스로 받아들였다.

자신의 생각을 표현하는 글쓰기가 아닌 맞다, 틀렸다로 한글을 배우는 맞춤법 강좌처럼 바뀌어 버린 탓이었다. 영어로 말하면 한국말로 받고 중국말로 생각을 나누는 일상과 뭔가 달라져 버린 것이다. 영어가 편한 사람은 영어로, 사진 등 이미지가 편한 사람은 또 그 방법으로 각자 자신의 생각을 정리하거나 기록하기 유리한 방식으로 일지쓰기의 형식을 바꾸었다. 분량도 자유롭게!

시간이 흐르면서 말을 잘하거나 능숙해지는 것이 아니라 오히려 '듣기' 능력이 향상되고 있는 것이 보였다. 글을 정확하게 쓰는 것보다 맥락과 글과 글 사이에 담긴 그 사람의 생각을 읽어 내는 '독해력'이 키워지고 있었다. 흔히 말하듯 " 개떡같이 이야기해도 찰떡 같이 알아듣는"것으로 흐름이 바뀐 것이다.

때로 소통의 장벽이란 너무 그 말과 글에 지나치게 익숙해져서 쉽게 이해하고 알았다고 판단하며 생기는 문제 아닐까 싶다. 소통이란 사실 불통이 당연한 것인데. 대화란 단순히 말을 잘하고 글을 잘 써서 해결되는 것은 아닌데. 말과 글이 서툰 동료들 덕분에 이 곳에서 일하는 한국 사람들은 반대로 한국의 말과 글이 지닌 또 다른 매력을 조금씩 알아가고 있는 중이다.

우리말은 호흡이라는 것을.
뉘앙스와 어조, 말을 할 때 담긴 감정의 호흡과 말과 말 사이 여백이 지닌 그 공간으로 수많은 대화가 이루어질 수 있다는 것. 상대방이 이해하기 쉽고 알아듣기 쉽게 말과 대화를 한다는 것은 매우 섬세하고 정교한 작업이라는 것을. 내가 아는 것, 생각하는 것을 표현하는 언어에서 상대방에게 전달하고 공감하고 나누는 언어로 한글과 한국어의 매력을 다시 발견하고 있는 중이다.

" 우리 단원들이 가축처럼 느껴져요. 고마워요. "
" 가축? "
" 네, 가축! "
" 가축은 돼지나 소나 뭐 그런 건데 흐흐흐 그래 우린 빤빠의 가축같은 가족이야. "
" 아, 맞다. 가족! "
" 응, 가족. "
" 으흐흐흐 엉, 어제 수풍 정말 행복했어요. "
" 응, 어제 소풍도 재밌었지. "

하루에 최소한 3번 이상 뺀빠의 서툰 한국어는 모두를 빵빵 터트린다. 뺀빠의 동료들은 화내지 않고 덕분에 크게 웃는다. '○○할머니 뼈감자탕' 이 할머니 뼈로 만든 감자탕 인줄 알았다는데 어찌 웃지 않을 수 있을까 말이다.

한국어능력시험 (Topik)

▶ 국내에서 취업, 유학, 졸업을 위해서는 한국어능력시험(Topik)의 결과를 요청하는 경우가 많다. (몽땅은 상관없다) 종종 KBS한국어능력시험과 혼동하는 경우가 있는데, KBS 한국어능력시험은 국내인 대상으로 아나운서 등 특정직업 지원에 필요한 능력평가이며, Topik은 외국인을 대상으로 한 한국어 평가시험이다.

▶ 한국에서 5년 이상 체류한 외국인에게는 귀화할 수 있는 자격이 주어진다. 한국어능력시험과는 별개로 귀화할 때는 별도의 귀화시험이 있으며 필기와 면접이 있다. 귀화시험에서 나오는 문제는 아래와 같다.

● 면접시험

1. 애국가 4절 중 1절을 부를 수 있어야 함

2. 한국어 말하기 면접

3. 대한민국 국민의 4대 의무 숙지 여부

4. 공동체의식 조사

5. 국경일 및 국경일의 의미 숙지 여부

6. 자유민주주의의 의미 숙지 여부

7. 대중교통 이용 시 노약자석 양보의 의미

8. 112 등 긴급전화 이해 정도

9. 올바른 시민의 자세 이해 정도

● 필기시험

1. 고려 시대에 만들어진 〈삼국사기〉는 누구에 의해 편찬되었습니까?
   ① 왕건 ② 최영 ③ 강감찬 ④ 김부식 ⑤ 김정호

2. (   ) 에 들어갈 알맞은 산은 어느 것입니까?

   > 강원도 속초에 가면 동해가 내려다보이는 곳에 우뚝 솟은
   > 남한 제일의 명산인 (   )이 있습니다. 그리고 이곳에는
   > 울산바위, 비선대, 비룡폭포 등이 있습니다.

   ① 백두산 ② 설악산 ③ 태백산 ④ 한라산 ⑤ 소백산

3. 한국의 수출품 중에서 전 세계적으로 수출되는 대표적인 상품으로 짝지어진 것은 무엇입니까?
   ① 김, 미역 ② 버섯, 목재 ③ 생선, 조개 ④ 인형, 신발 ⑤ 자동차, 텔레비전

4. 다음 중 개화기(조선후기)에 우리나라에 들어온 것이 아닌 것은 어느 것입니까?
   ① 전차 ② 전화기 ③ 전깃불 ④ 지하철 ⑤ 신식학교

합리적이거나 계산적이거나
; 필립이야기

"연습 중에 사라졌는데 어디 있는지 모르겠어요."
필립이 사라졌다. 그 이후에도 한 번씩 필립은 사라졌다.

필립은 미국인이다. 필립의 형제들은 모두 미국보다 아시아를 좋아한
나고 했다. 그 이유가 무엇인지 알 수 없고 필립도 자신의 이야기를 즐
겨하진 않는다.
점심시간 모두가 모여 도시락을 꺼내 밥을 먹을 때도 필립은 없다.
어딘가 함께 놀러가서 같이 노래하고 이야기를 나눌 때도 필립은 없다.
오래간만에 모두가 모이는 회식 자리에서도 필립은 없다.
" 분명히 같이 오고 있었는데 사라졌어요."
주변을 살피고 전화를 하고 서로 봤네 보지 못했네 소란을 떨다가 연락
이 된다.
"아 네, 일이 끝나서 집에 가고 있었어요."
"오늘 일 끝나고 같이 밥 먹자고 했잖아요."
"아, 그거 일이었어요?"

"일은 아닌데요."

"아, 그럼 나는 집에 가서 먹을게요."

"아, 네……."

뭐랄까. 우리에게는 너무 익숙하고 당연한 '함께'라는 방식이 필립에게는 영 어렵고 불편한 방식이었다.

그렇다.

회식이 일은 아니다. 하지만 회식도 일이다.

이 미묘한 차이.

누군가 강제하지는 않지만 그냥 당연히, 다들 그러니까 하면서 만들어진 생활방식이 필립 앞에서는 통용되지 않는다.

"난 공연자고 그럼 그 일을 잘 하는 것이 중요하잖아요. 그러니 난 최소한 하루에 8시간은 자야 해요. 그런데 옆에서 떠들고 잠을 안자면 난 내가 자고 싶은 곳에서 자면 되는 거잖아요."

1박 2일 워크숍을 떠나 경치 좋은 섬에서 저녁 일정까지 잘 마무리하고 뒷풀이가 벌어졌다. 노래하는 사람들이 모인 곳이니 음악이 빠질 리 없고 노래하고 즉흥연주하며 한바탕 왁자지껄 판이 벌어졌는데 필립이 짐을 싸서 나온 것이다. 비가 오는데 밖에서 잘 곳을 찾겠다며.

필립의 말은 맞는 말인데 그런데 그게 그렇지 않았다. 긴장을 풀고 박장대소 웃던 자리가 순간 싸해졌다. 감정이 상하고 서로 오해가 쌓이고 결국 언성이 오가고 판은 파장이 되었다.

▲ 중저음의 목소리가 매력적인 필립

쉽게 무리 안에 속하지도 않지만
쉽게 사라지지도 않는다.
누군가의 눈에 띌 만한 거리에
그만큼의 공간을 두고 함께 한다.
그리고 자신이 도움이 될 만한
일을 열심히 찾는다.

다음 날 여전히 무거운 짐을 혼자 다 들고 미소를 띠며 사람들이 불편한 것은 없는지 찾는, 미소 가득 친절한 필립이 아침자리에 나왔다. 그리고 조용히 자기는 먼저 걸어가면 안되는지 물어왔다. 아침 이후 평가모임이 있고 출발까지는 자유시간으로 잡힌 터였는데 그 자유시간에 먼저 출발해서 배 타는 곳에 있겠다는 것이었다. 마무리를 같이 하고 인사도 드려야 하니 함께 이동하자고 이야기했는데 자유시간에 왜 자유롭게 행동하면 안되는지 영 필립에게는 이해가 되지 않는 분위기였다. 다시 침묵.

일정을 마무리 하고 텅 빈 해수욕장 앞 버스정류장에 모여 있는데 근처를 지나던 할머니들이 선착장을 거쳐 버스가 오면 모두 타지 못할 터이니 차라리 걸어가라고 이야기 해주셨다. 서둘지 않으면 배 시간을 놓친다며 빨리 걸어가라 호통을 치시기도 했다. 우리 뿐 아니라 여러 단체가 모인 워크숍인지라 인원이 많았던 터에 동네 할머니의 조언은 꽤나 강력한 힘을 발휘했고 결국 몇 팀은 서둘러 뛰듯이 걸어가게 되었다.

걷고 있던 중 예상과 다르게 우리가 다 타도 될 법한 한적한 버스가 휙 지나갔고 버스에 탄 일행은 창문을 열고 "어서 뛰어!"를 외치며 뽀얀 흙먼지를 남기고 사라졌다.

"어차피 걸을 텐데 자유시간에 왜 기다리라고 했어? 계획과 다르게 버스는 왜 안 탄 거야?"
기다렸다는 듯이 같이 걷고 있던 필립은 질문을 했고 이차저차 설명을 하던 동료도 입을 다물었다. 맞는 말인데, 묘하게 설명을 하는 사람도 듣는 필립도 불편한 분위기가 되었다.

너무 익숙해서 학습이 아니라 몸에 배어있는 습관들, 오랜 시간 관례처럼, 버릇처럼 익숙한 행동이 필립에게는 하나하나 풀어야 하는 문제가 되고 분석해야 하는 일이 된다. 일의 기획자가 있고 일정이 있는데 왜 지나가던 할머니의 말 한마디로 계획이 바뀌는지, 아침에는 안 된다는 일이 왜 몇 시간 후에는 해야 하는 일이 되는지, 그 안에 담긴 수많은 생략된 과정이 필립에게는 이해하기 어려운 일이 된다.

밥을 같이 먹는다는 것이 무엇인지.
함께 한다는 것이 어떤 것을 의미하는지.
단체 행동이란 것이 왜 필요한지. 공동체는 무엇인지.
질문도 하지 않았는데 길 가던 할머니들은 왜 우리보고 이렇게 해라 저렇게 해라 말씀하시는지. 심지어 왜 호통을 치시는지. 필립에게는 하나도 쉽게 이해되는 일이 없다.

정서가 다르다는 것을 알아가면서 단원들은 필립에게 과도하게 조심하게 되었다. 반대로 필립도 자신이 다른 단원들을 불편하게 만든다고 생각하며 과도하게 조심하게 되었다.

아침 일찍 외부 일정이 있던 날이다.
지하철역에 모여 목적지로 이동하던 중에 빵집을 지나게 되었다. 아침을 먹지 않은 사람이 꽤나 있어서 우르르 빵을 사러 들어갔는데 다른 때 같으면 휙 자기 갈 길 갔을 필립이 빵집에 함께 들어와 서성이기 시작했다.

"필립 아침 먹었어요?"
"네, 먹었어요."
"어? 근데 여긴 왜 들어왔어요. 아침 먹을 사람 빵 사러 온 건데."
"어.......같이 다니면 좋다고 해서요, 밥도 같이 먹으면 좋다고 하고."
"그럼 아침 두 번 먹을 거예요?"
"아니 그건 아닌데........."
순간 수줍음 많은 필립은 얼굴이 붉어졌고 웃음기 가득한 얼굴로 농담을 던진 이화의 까르르 웃음소리가 터졌다.

필립과 이화는 무섭다는 단어로 서로 오해 한 적이 있었다.
필립은 우리 중에서 가장 키가 크다. 큰 키의 필립이 이화 옆에 다가갔는데 이화가 웃으면서 "필립. 커서, 무서워." 라고 한 말이 화근이 된 것이다.
무섭다는 말이 사용되는 범위는 얼마나 광범위한지. 손발이 오그라드는 애교를 봐도, 안 하던 행동을 해도, 심지어 라면을 먹고 띵띵 부은 눈을 보고도 " 오늘 아침 너 무섭다" 라고 쓰는 말이니 이화의 '무섭다' 는 필립 옆에서 더 작게 보이는 자신의 키를 빗대어 농담으로 던진 말이었는데 필립은 그 말에 충격을 받은 것이다.

자신의 나라에서는 보통 체격이었는데 이곳에 와서는 신발 한 켤레를 사려고 해도 이태원이나 온라인 쇼핑을 뒤져야 하고, 미국사람이라고 하면 때로는 과장된 환대를, 때로는 과장된 분노를 만나야 했던 필립에게 동료가 말한 '무섭다'는 그 말 뜻 그대로 자신이 체격까지 누군가에게 공포를 줄 수 있다는 의미로 받아들여진 것이다.

필립은 한동안 아무 말도 하지 않았다. 그리고 동료들도 어떻게 서로의 간격을 메울 수 있을까 어려워했다.

지금도 여전히 필립은 천천히 다가서는 중이다.

쉽게 무리 안에 속하지도 않지만 쉽게 사라지지도 않는다.

누군가의 눈에 띌 만한 거리에 그만큼의 공간을 두고 함께 한다.

그리고 자신이 도움이 될 만한 일을 열심히 찾는다.

아직 모두가 웃는 것에 웃지 않고 필립이 웃는 것에 다른 사람들은 고개를 갸웃거리지만 그래도 이제는 서로 다가서고 이해하는 것에도 시간이 걸린다는 것을 알아가고 있을 뿐이다.

대구에서 영어강사를 하며 한국어를 배운 터에 필립이 살짝 경상도 억양으로 이야기하면 여전히 필립을 제외한 사람들은 와르르 웃음이 터지고 이유를 모르는 필립은 목까지 빨개진다.

아무리 필립에게 너의 억양에 경상도 억양이 섞여있다고 해도 그 미묘한 차이를 필립이 알기에는 어려움이 있다. 단지 그런 순간이면 필립은 이렇게 외친다. "아이고~"

눈빛과 눈총
; 아띤 이야기

인도네시아에서도 비행기로 한 시간, 다시 버스로 일곱 시간 걸리는 자바 섬에 살던 여고졸업생은 자카르타에 첫 직장을 구했다. 19세 그녀는 직장에서 만난 자상하고 친절한 한국 남자에게 사랑을 느꼈다. 재채기와 사랑은 감출 수 없다더니 그녀의 마음이 자신에게 향해 있는 것을 일자 상상하던 그는 애써 그녀의 마음을 돌리기 위해 자신의 이야기를 해 주었다.

자신은 이혼을 했으며 장애를 지닌 아이와 당신과 8살 차이밖에 나지 않는 딸을 지닌 아빠라고. 자신도 고국을 떠나 생활하는 것이 쉽지 않은 일이라, 아는 사람 하나 없이 직장을 다니는 그녀에게 친절하게 대해 준 것이니 지금 이 감정을 착각하지 말라고. 마음을 돌리라고.

그러나 불타는 사랑에 빠진 19살 그녀에게 그의 모든 이야기는 오히려 기름이 되었다. 이 남자의 삶을 함께 하고 싶고 그 아픔을 나누고 싶은 마음은 커져갔고 마침내 그도 그녀의 순수한 사랑 앞에 무너졌다.

자바 섬에 살던 그녀의 부모님은 이 사실을 알고 가슴을 쳤고, 나이 차이가 많은 동남아시아 여인을 아내로, 자식의 어머니로, 무엇보다 그녀의 빛나는 눈동자와 미소보다 결혼이주여성에 대한 날선 편견으로 바라 볼 수많은 시선을 생각하면 그도 앞날이 막막하긴 마찬가지였다. 오직 당차게 자신의 사랑을 지키려던 그녀만이 앞날의 시간을 행복하게 꿈꾸었다. 둘은 3년이 흐른 후 결혼했고 남편을 따라 그녀는 한국에 왔다. 그녀 나이 22살 때의 일이다.

시간이 흘러 35살의 그녀는 몽땅 신입단원 모집에 원서를 냈다.
"숙아핀씨는 이미 적십자 활동이나 이주여성단체에서 활발히 활동 중이신데 왜 이곳에 들어오려고 하죠?"
"노래하며 살고 싶은 꿈이 있었는데 기회가 없었어요. 아니 기대조차 안했어요. 그런 일이 내게 벌어질 수 있을 거라는 거........제게 쌍둥이 아이가 있는데 어느 날 학교를 다녀오더니 엉엉 우는 거예요. 선생님이 자기만 이름을 안 부르고 '거기 인도네시아 애' 라고 부른다구요. 선생님께 말씀드렸더니 사과하시면서 아직 학기 초라 이름을 외우지 못했다고 하셨어요. 근데 다른 아이들에게 이름 못 외워도 한국 애라고 하지 않잖아요. 인도네시아에서도 여자들 하얀 피부 좋아해요. 제 언니들은 모두 하얀데 전 까매요. 한국에 와서 시장을 가든, 무엇을 하든 집 밖에만 나서면 사람들 저를 쳐다봐요. 아주 불편해요. 왜 보냐고 물어보기도 해요. 계속 쳐다보니까. 근데 우리 아이. 한국사람이예요. 한국에서 태어났고 한국이름 가졌고 한국 말하고 한국학교 다녀요. 앞으로도 한국에서 살거구요. 우리 애는 나 닮았어요. 모습 조금 달라요. 우리 애 앞으로 나처럼 어디 가서 누군가 모르는 사람이 계속 이유 없이 쳐다보고 그런 시선 만나고 그렇게 사는 것 생각하면 너무 마음이 아파요. 그래서 나 아이들에게 자랑스러운 엄마 되고 싶어요. 모습 달라도, 당당하고 자신 있는 사람으로 보여주고 싶어요. 노래하고 공연하고 사람들 행복하게 만드는 그런 일 하고 싶어요. 모습 달라도 자신 있게 살면 되는 거라고 용기 주고 싶어요. 나도 그런 용기 내고 싶어요. 우리 아이들. 남편, 고국에 있는 부모님, 형제들 걱정하지 않고 자랑할 수 있는 사람 되고 싶어요."

아띤과 함께 차를 타고 가거나 식당에서 밥을 먹거나 엘리베이터를 타거나 하는 일상의 시간을 보낼 때면 아띤이 느낀다는 그 시선이 무엇인지 주변 사람들도 느끼게 된다.

그 시선은 눈빛이 아닌 눈총이다.
난 당신이 누구인지, 왜 왔는지, 어떤 사람인지, 그래서 나란 사람이 당신을 어떻게 평가하고 있는지 자신도 인식하지 못하고 그녀를 바라보며 수많은 감정을 담아 눈총을 던진다.

"어디서 왔어? "
"몇 살이야?"
"한국말 잘하네"
"매운 거 먹을 수 있어?"
"그 나라에도 컴퓨터가 있어?"

"인도나 인도네시아나 같은 나라 아냐?"

"한국엔 뭐 하러 왔어?"

특히 엘리베이터처럼 잠깐 같은 시간, 같은 공간에 머물면 불쑥 이런 질문들이 들려오는데 그 때 동료인 우리들은 참 얼굴이 화끈거린다. 결혼 이주여성으로 산다는 것은 그런 질문에 늘 반복하듯 웃으며 대답해야 한다는 것, 조금 서운하게 혹은 못 알아듣는 척 했다가는 돈보고 결혼했다든지, 잡종의 피를 섞는다든지, 순진한 한국남자 등 쳐 먹는다든지 하는 무시무시한 이야기를 들을 각오도 해야 한다는 것을 알았다. 지나가는 말로 휙, 못 알아듣는 이야기인 줄 알고 툭, 던진 이야기가 그녀 가슴에 하나, 둘 쌓여 있다.

2시간 분량으로 자신을 소개하는 워크숍을 단원 스스로 기획하여 진행한 프로그램이 있었다. 그 때 아띤은 모 기관에 지원한 글을 우리에게 읽어 주었다.

아띤은 늘 밝고 유쾌하고 명랑한 사람이었기에 그녀가 들려주는 이야기는 모두에게 충격을 주었다. 병든 노모를 모시면서 새엄마를 받아들이기 힘들어 하던 딸과의 갈등, 장애를 지닌 아이를 교통사고로 잃었을 때의 절망, 처음 아이를 임신하고 자신을 닮으면 어떡하나 열 달 내내 마음 졸인 이야기와 괴로움에 무너지는 그녀를 지켜보던 남편의 아픔을 읽어주었다. 떨리는 아띤의 목소리에 여기저기 훌쩍이는 눈물, 콧물 소리가 섞였다. 침묵이 내려앉았다. 13년 타향살이가 어찌 만만한 일이었을까, 아띤의 웃음 속에 담긴 긴 시간이 우릴 울렸다.

▲ 노래하는 아띤 (가운데)

우리 애는 나 닮았어요. 모습 조금 달라요. 우리 애 앞으로 나처럼 어디 가서 누군가 모르는 사람이 계속 이유 없이 쳐다보고 그런 시선 만나고 그렇게 사는 것 생각하면 너무 마음이 아파요. 그래서 나 아이들에게 자랑스러운 엄마 되고 싶어요.

모습 달라도, 당당하고 자신 있는 사람으로 보여주고 싶어요. 노래하고 공연하고 사람들 행복하게 만드는 그런 일 하고 싶어요. 모습 달라도 자신 있게 살면 되는 거라고 용기 주고 싶어요. 나도 그런 용기 내고 싶어요. 우리 아이들. 남편, 고국에 있는 부모님, 형제들 걱정 하지 않고 자랑할 수 있는 사람 되고 싶어요."

그리고 우리는 그녀의 밝은 웃음이 무엇을 이겨내고 나온 것인지 가만히 생각하게 되었다.

당당한 엄마가 되고 싶다는 아띤의 입사 이유는 채 일 년이 되지 않아 성취되었다. 커다란 눈을 반짝이며 "뭔데요?" "아, 맞아요" "다시 해 볼게요"를 외치는 아띤의 해피바이러스가 주변에 퍼져 나갔다. 아띤의 가족들은 이미 그녀를 자랑스러워했고 오히려 아띤이 뒤늦게 깨달았다는 것이 맞을 것이다.

2012년 하반기부터 아띤은 공연 실무진행을 시작했다.
기안을 작성하고 지출 결의서를 적고 현장에서 공연을 위한 협의를 하고 공연의 부가적인 일을 배우고 있다. 일상의 언어와 일의 언어는 다르고 새롭게 배우고 익혀야 하는 낯선 개념과 싸우면서 이주여성의 시선보다 자신을 역할로, 담당자로, 일을 진행하는 사람으로 바라보는 시선을 만나면서 아띤의 인생은 또 한 번 요동치고 있다.

"그만두고 싶다는 생각했어요. 그냥 내가 잘하는 봉사활동 하고 집에서 애 잘 보고 그럴까 하는. 너무 어려워서요."
"근데 왜 해요?"
"우리 아이들도 이럴까 봐요. 좋아하는 것만 하고. 어려운 일 만나면, 피하고 도망가면 안되잖아요."
"그리구요?"
"아직 모르니까, 배우면 되니까. 처음 하는 일은 다 어려우니까."

"그래서요?"

........전달 된 상황과 뭔가 달라서 리허설 준비 시간 많이 걸리고 음향, 마이크, 기타 등 문제 발생하여 관객한테 노출 시켰다.
마음이 무겁고, 찝찝하니 공연 할 때 가벼운 느낌이 못들었다. 단원들도 마찬가지다.
매니져로 모든 책임을 해야하는데 오늘은 처음부터 내 실수였다. 앞으로 이럴때 어떻게 나아갈수 있는지를 어떻게 해결할수 있는지 다시 숙지가 필요하다."
20131031 아띤 일지 중에서

이제 아띤은 일을 통해 자신을 바라보는 시선과 만나고 있다. 자신의 책임과 권한, 일을 하기 위해 필요한 조건과 기대치에 대한 시선을 만나고 있다. 눈총보다 더 무서운 시선이다.
이유 없는 불편한 시선이 아니라 이유 있는 책임의 시선이다.
내가 하고 싶은 일을 하기 위해서는 하기 싫은 일도, 하기 어려운 일도 겪어내야 한다는 것을 아띤은 알아가고 있는 중인지 모른다. 인생을 통해 이미 아띤이 겪고 알았던 것을 이제 직장에서 일로 다시 대입하고 있는 것인지도 모르겠다.

아이러니하게 아띤은 어려워요, 못하겠어요, 힘들어요라는 말을 자주 사용한다. 채 일주일도 안돼서 재밌어요, 또 할래요, 즐거워요로 바뀌지만. 그런 아띤이 가장 큰 힘을 받는 것은 역시 그녀의 가족과 동료들이다.

아띤은 좋아하고 사랑하는 사람들이 자신을 믿어주는 것처럼, 그녀도 그들의 믿음에 화답하고 싶어한다. 그 간절함이 그녀에게 용기를 준다. 요즘 아띤의 카톡에는 이런 문장이 적혀 있다.

"모든 일은 해 봐야 안다"

인순이 예술감독은 그녀의 노래를 듣고 "노래를 잘하고 못하고를 떠나 사람을 행복하게 만드는 해피바이러스 같은 사람이다."라고 평했다.

주변을 밝게 물들이는 그녀의 에너지가 모든 일을 해보고 난 후 무언가를 또 알게 되면 얼마나 강력해질 지, 그 에너지가 무엇을 또 바꾸어 낼 지 시간이 흐를수록 궁금해진다.

결혼이주여성 및 청소년 관련 자료

▶ 결혼이민자 2010 국내 결혼이민자 현황 (2011. 1월 행정안전부)
  1. 국내 2010년 181,671명 -> 2011년 211,458명 증가율 16.4%
  2. 여성이민인구 2009년 149,853명 -> 2010년 161,999명 -> 2011년 188,580명
     (전체 결혼이민자 중 여성비율 89.2%)
  3. 한국의 국제결혼비율 10.5%
  4. 농림어업종사자 국제결혼비율 40%

▶ 국내 다문화가족 청소년 현황 (2011. 1월 행정안전부)
  1. 다문화가정 자녀 현황 151,154명 (남 76,985명 , 여 74,169명)
  2. 자녀별 연령현황

	합 계	만 6세 이하	만 7~12세	만 13~15세	만 16~18세
자녀수	151,154명	93,537명	37,590명	12,392명	7,635명
비율(%)	100%	61.9%	24.9%	8.2%	5.1%

  3. 다문화 청소년 학업에 대한 여론조사 (2012. 8월 한국청소년정책연구원)

답 변	비 율(%)
별 어려움이 없다	67.9%
책의 내용을 이해하는 것이 어렵다	7.3%
수업(공부)시간에 나의 의견을 말하는 것이 어렵다	5.5%
선생님께서 말하는 내용을 알아듣기 어렵다	5.7%
내 생각을 글로 나타내는 것이 어렵다	9.7%
공부하는 내용이 어려울 때 물어 볼 사람이 없다	3.1%
기타	0.7%

  4. 다문화 청소년과 취약계층 청소년의 발달수준 비교 (2012. 8월 한국청소년정책연구원)

	학업성적 만족도	학교적응 (학습활동)	학교적응 (교우관계)	학교적응 (교사관계)	자아탄력성
취약계층	2.15	2.91	3.07	3.1	2.91
다문화	2.37	2.03	1.7	1.88	2.07

(최고기준 3.5점, 최저기준 1점 / 점수가 낮을수록 만족도가 높음)

* 통계상 다문화가정 청소년들의 학교생활적응 등 심리행동적 발달수준은 취약계층 청소년보다
  유의미하게 높으나 학업성적만족도는 취약계층 청소년보다 유의미하게 낮음

외치거나 혹은 춤추거나
; 소모뚜 이야기

"모뚜, 주말에 뭐했기에 더 피곤해 보여? 눈가 주름 장난 아닌데."
농담이 출근하는 모뚜를 보며 한 소리 한다. "어제 잘 잤는데. 이상하다." 커다란 눈을 꿈벅이며 모뚜가 마른 얼굴을 쓰윽 만진다.

모뚜는 미얀마 출신의 난민이다. 한국에서 살아 온 시간이 18년이 되어가니 이제 한국에서 살았던 시간이나 고국에서 살았던 시간이나 비슷비슷하게 되었다. 생활방식이나, 사고, 문화는 흔히 말하는 "한국사람 다 됐다"는 이야기를 들을 뻔도 한데 모뚜는 미얀마출신의 난민이란 사실을 잊지 않고 살아간다.

" 제가 하고 있는 시민활동이 있어요. 한국말을 하니 이주노동자 분들 상담도 해드려야 하고 강연이나 글도 기고해야 해요. 근데 이런 활동을 하면 혹시 몽땅에게 안 좋을 수도 있어서....... "오디션이 끝나고 상호 면접자리에서 모뚜가 입을 열었다.

업무가 끝난 개인의 시간. 그 사람이 어떤 정치적 활동을 하던, 종교 활동을 하든 사실 회사가 관여할 부분이 아니다. 그 사람이 다니는 직장 안에서 정치적, 종교적, 인종이나 민족적 견해로 인해 서로 동의하고 추진하는 일에 비협조적이 되거나 문제를 파생시킨다면 그건 좀 다른 이야기가 되겠지만.

모뚜가 몽땅의 오디션을 통해 결합하게 되었을 때 어떤 사람들은 그의 입사에 우려를 보였다. 난민으로 시민운동가로 지명도를 지닌 인물이 었던지라 그가 오디션에 합격했다는 공고문이 뜨자 회사 대표메일로 욕설이 담긴 협박메일이 오기도 했다. 그 메일들의 주요 요지는 "당신 들은 그에게 속고 있으며, 언젠가 그는 당신들의 뒤통수를 칠 것이고 이주민과 다문화인에게 일자리를 주다니 미친 짓이다."라는 것이었다.

2011년 11월 겨울, 미얀마에서 반가운 손님이 찾아왔다. 모뚜의 아버 지였다. 두 부자는 17년 만에 상봉하였다. 19세 어린 청년이었던 아들 은 36살 어른이 되어있었고 한없이 커보이던 젊은 날의 아버지는 눈가 의 주름이 보이는 초로의 신사가 되어 있었다.
두 부자가 인천공항에서 손을 마주잡고 서로에게 처음 나눈 이야기는 "많이 늙었네."라는 인사였다고 한다.

모뚜가 한국에 이주한 이유는 돈을 벌기 위해서였다.
아버지가 모뚜를 한국에 보낸 이유는 "공부를 계속 할 수 있게 되기를 바랐기 때문에."였다고 한다.

이주민의 어려운 현실을 누구보다 더 많이 안다고 자부하는 모뚜는 한동안 몽땅에서의 활동을 어려워했다. 말을 하지는 않았지만 한바탕 웃으며 모두가 즐거운 시간을 보내고 있을 때면 간혹 그렇게 웃고 있는 자신을 낯설어 하는 모습이 보였다. 이렇게 혼자만 즐거워도 되는 걸까, 종종 혼란스러운 모양이었다.

가끔씩 아직도 모뚜는 그렇다. 그런 모뚜를 그냥 두지 않는 것은 바로 그의 동료들이다. 기대도 된다고, 내 일은 내가 할 수 있다고, 모뚜도 실수하거나 실패할 수 있다고, 늘 언제나 잘하거나 모범이 되지 않아도 된다고. 그렇게 모뚜를 자극하고 포용하고 토닥거리며 하루하루를 보내고 있다.

▲ 몽땅의 단원인 모뚜는 록밴드 '스톱크랙다운'의 리더이기도하다.

19살, 고국을 떠나오던 시점 미얀마는 격동적인 변화와 혼란에 휩싸여 있었고 자신 뿐 아니라 수많은 청년과 시민들이 학업과 생업을 중단하고 거리로 뛰어나와 정부에게 목숨을 건 외침을 전했다고 했다. 그리고 결국 그는 학교로 돌아가지 못했다. 청년 모뚜는 자신의 부모와 동생들을 위해 학교의 입학을 포기하고 먼 타국으로 돈을 벌기 위해 떠나왔다. 아들이 타국으로 떠나간다는 이야기를 듣고 그의 부모는 그곳에서라면 돈을 벌어 못 다한 공부를 할 수 있지 않을까 애써 희망하며 손을 흔들었고 가슴으로 울며, 돌아서는 아들의 등을 바라보았다.

한국으로 이주한 그는 아침 8시 30분부터 밤 11시까지 일하는 공장에 들어갔다. 집에 돌아오면 책을 펼치기보다 조금이라도 더 자는 것이 생활이 되었다. 일한 만큼 보수는 올라갔지만 돈을 벌어 못 다한 공부를 한다는 것은 노력으로 될 수 있는 일은 아니었다.

한국말을 몰라 벌어지는 일을 보며 혼자 한국어 공부를 했다. 다른 사람들 보다 빠르게 한국어 실력이 늘자 주변에 같은 처지에 있던 동료들이 그에게 여러가지 부탁을 해왔다. 영어와 미얀마, 한국어. 잘하지는 못해도 3개 국어를 사용하는 사람이 적었던 탓이기도 했다.

병원의 진단내용을 번역해 주는 일에서 관공서에서 간단한 서류를 접수해 주는 일, 계약서의 내용을 확인하는 일, 한밤에 교통사고를 당한 친구의 진술을 도와주는 일 등. 말과 글을 모르면 겪을 수 있는 다양한 일에 그를 찾는 전화가 수시로 울렸다. 잘못된 계약으로 불편을 겪는 동료도 있었고, 알았다고 하고 다른 말을 한다며 괴로워하는 한국인 고용주도 있었다. 주변의 도움으로 노동법의 기초도 배워나갔다. 그를 찾는 곳이 더 늘어갔다. 이런 것을 해결하기 위한 미디어의 활용이 간절해졌고 같은 생각을 하던 사람들과 〈이주노동자의 방송 MWTV〉를 만들었다.

오디션 이후 상호 면접자리에서 만난 모뚜는 피로해 보였다.

자신이 원한 일이든 아니든 사람들의 괴로움과 부당함의 현실을 자주 목도하는 동안, 그들이 지닌 아픔이 모뚜에게도 쌓이고 있었다. 자신이 원한 일이든 아니든 누군가에게 상처를 주고 심지어 미움을 받게 만들어버린 시간들은 채 소화되지 않고 있었다.
즐거운 방식으로 세상을 변화시키고 자신이 하고 싶은 일을 통해 스스로 직장을 만들어낼 수 있다면 도전해 보고 싶다고 입사 이유를 설명했다. 동료들과 활동하던 밴드활동이 소강상태로 접어 든 시점이기도 했다. 그는 음악을, 노래를 하고 싶다고 했다.

"춤을 춰야 된다고?"
"아니 이건 춤이 아니고 그냥 동선이라니까."
"아, 이럴 줄 알았으면 예전에 공장 분들이 노래방 가자고 할 때 좀 따라 다닐걸. 역시 사람은 뭐든 배워놔야 하나 봐."
"노래방하고 무슨 관계야, 동선이?"
"뭐든 리듬에 맞춰 움직이는 거잖아요. 노래방 가면 얼마나 즐겁게 노시는데 그걸 쑥스러워서 안 갔더니만."
"따라가도 분위기 파악 못하고 가만 앉아만 있었지?"
"호호호 그건 그랬죠."

" 이미 지난 과거 후회한들 무엇해. 그냥 지금 배워봐. "

아들을 만나러 한국에 방문한 아버지는 그런 아들의 모습을 잔잔한 미소를 띄며 바라보고 계셨다. 회사에 근무 중이니 종일 방 안에만 혼자 계시게 할 수 없어 며칠간 함께 출근해도 좋겠냐고 물어와서 그러시라 했는데 하루 종일 가만히 앉아서 우리의 생활을 지켜보시는 것이 생각하면 더 고된 시간이 아니셨나 싶다.

점심시간 음악감독과 기획단이 아버님을 모시고 함께 식사자리를 가졌다. 젊은 시절 아버님의 꿈도 이런 활동을 해보는 것이었다는 이야기에 우리네 부모님들은 자식들이 공연하고 춤추고 노래한다면 딴따라 짓이라고 걱정하셨다는 이야기도 나누었다. 식사를 미치고 신발을 찾아 주섬주섬 신고 있는데 조용히 앉은 모뚜의 정수리가 보였다.

한쪽 무릎을 땅에 대고 아버지의 신발을 돌려놓고 신겨드리는 풍경이었다. 신을 다 신은 아버님은 다시 허리를 굽혀 모뚜의 바지를 탁탁 털어주셨다.

그냥 그거면 됐다 싶었다. 나와 함께 일하는 동료가 자신의 부모님을 대하는 태도가 그와 같다면 그에 대한 어떤 우려나 걱정도 지금 이 순간 우리의 눈앞에서 벌어지는 이 풍경을 대신할 만큼, 그에 대해 알려주진 않으리란 생각이 들었다.

이주민의 어려운 현실을 누구보다 더 많이 안다고 자부하는 모뚜는 한동안 몽땅에서의 활동을 어려워했다. 말을 하지는 않았지만 한바탕 웃으며 모두가 즐거운 시간을 보내고 있을 때면 간혹 그렇게 웃고 있는 자신을 낯설어 하는 모습이 보였다. 이렇게 혼자만 즐거워도 되는 걸까, 종종 혼란스러운 모양이었다.

때로는 이주민과 선주민을 계몽시키거나 학습시켜야 하는 대변자로 자신을 몰아붙일 때도 있고 그 모든 것의 책임을 혼자 지려고 끙끙 고민하기도 했다.

가끔씩 아직도 모뚜는 그렇다. 그런 모뚜를 그냥 두지 않는 것은 바로 그의 동료들이다. 기대도 된다고, 내 일은 내가 할 수 있다고, 모뚜도 실수하거나 실패할 수 있다고, 늘 언제나 잘하거나 모범이 되지 않아도 된다고. 그렇게 모두를 자극하고 포용하고 토닥거리며 하루하루를 보내고 있다.

" 얼굴에 오이 팩을 좀 하면 어때? 사슴 같은 눈망울이 점점 다크써클로 지워지는데. "
" 영상 촬영해야 하는데 이 잔주름 어쩔 거야. 요즘 얼굴 말라서 입만 더 커 보이잖아. "
" 아 뭐 오이 같은 걸 얼굴에 붙여, 먹어야지. "
" 피부에 양보하세요. 광고 카피 몰라? 가끔은 얼굴에 양보해야지. "

결국 모뚜는 팩도 하고 비비크림도 바르고 왁스도 발라가며 영상촬영을 했다. 커다랗게 입을 벌리며 웃는 미소도 좋았고 부드러운 음색의 목소리도 좋았는데 촬영감독의 모니터 화면에는 다른 단원들의 클로즈업만 보인다. 한나절의 팩 만으로 30대 중반의 모뚜가 20대 팽팽한 피부를 따라잡기는 무리였다.

".......오이, 그냥 먹을 걸 그랬어."

아직도 모뚜는 자신이 하고 있는 다른 활동으로 몽땅에 피해가 갈까 노심초사한다. 외부에 나가는 인터뷰나 기사에 자신의 견해나 주관적 판단이 옮겨질까 두 번 세 번 스스로를 검열한다. 자신의 이력으로 몽땅을 오해하거나 편견을 지니고 바라볼까봐 더 조심하고 조심한다. 그렇다고 모뚜가 무슨 범법행위를 저질렀거나 사회에 악영향을 주는 사건의 주범도 아니었다. 단지 모뚜의 입사로 인해 벌어진 몇 가지 해프닝을 모뚜 역시 알고 있기 때문이다.

어느 누구나 견해를 지닐 수 있고 주관적 판단으로 상황을 읽을 수 있다. 좋아하는 음식과 싫어하는 음식을 이야기하는 것도, 영화의 취향과 선호하는 노래를 표현하는 것도, 서점에서 어떤 책을 고를 지도 그 개인의 선택일 것이다. 그리고 그런 개인의 삶이 그가 속한 조직이나 집단에 영향을 주는 것도 당연할 것이다. 그러나 그렇다고 해도 우린 그 모든 것을 스스로 선택하고 책임져야 하는 성인이다.

공적인 영역과 사적인 영역을 구분하고 분별하는 것은 최소한 사회적

관계 안에서 행동하는 사람이라면 어느 누구나 갖춰야 하는 소양일 것이다. 누군가 보다 발언이나 표현의 기회가 많은 사람이라면 자신의 발언이나 견해에 대해 그만큼 더 책임지고 행동해야 할 것이다. 그런 것이 상식인 것 같다.

아직도 가끔 모뚜를 알았거나 알게 된 사람들에게 우려섞인 시선을 받을 때가 있다. 우리가 하는 일이 사회적 고민에 동참하는 공공성의 목적을 지닌 일이기에 그 안에 소속된 사람들의 도덕적 책임을 강하게 요구받는 순간들도 많다. 그런데 우리가 더 많이 만나는 사람들은 그를 보자마자 두 팔 벌려 안아주는 사람들이다.

모뚜에게 단원들이 붙여준 별명이 하나 있다.
언제 누구에게 무슨 일이 생기면 짜짜잔 나타난다는 '소선생님'이 그것이다.
모뚜의 이름은 소모뚜다.
하루 종일 몽땅에서도 "모뚜!"를 부르는 소리가 끊이지 않는다. 끊임없이 그를 찾는다는 것은 그가 필요하다는 것이고 누군가에게 필요한 사람이라는 것은 그 역시 몽땅을 만들고 있는 한 사람이란 뜻이겠다.

그러니 발신지도 없는 메일을 보내는 그 누군가가 이 글을 본다면 이제 그 시간을 조금 더 유쾌하고 즐거운 다른 곳에 사용하셔도 된다고 말씀드리고 싶다. 그리고 가급적 그런 조언을 주실 때도 욕설은 좀 빼고! 협박도 좀 빼고! 보내주시길.

1-5

탱탱볼의 역습
; 이화이야기

"그래도 이화랑 누리네 고향은 서로 가깝네. 중국가면 서로 집에 놀러가요? "

"아냐, 중국은 땅이 넓다고. 지도에서 이렇게 보여도 전혀 안 가까워, 뭐 한국처럼 차타고 몇 시간 가면 바다 볼 수 있고 이렇지 않아. "

지노를 펼쳐놓고 수다를 떨던 이화가 다시 꺄르르 웃음을 터트린다.

'멀다'라는 개념과 '가깝다'라는 지리적 개념이 중국 출신 이화와 한국 출신 숨 사이에는 다른 기준으로 작용한다.

"한국은 그래도 몇 시간 차 타면 갈 수 있잖아. 숨, 네 고향 통영도 오늘 다녀올 수 있고. 중국 안 그래. 한번 다른 곳 가려면 정말 마음먹고 가야돼. "

"통영 여기서 정말 먼데......."

같은 말도 서로의 기준이 다르면 다른 언어가 된다.

"머리가 아파죽겠어요. 이거 뭐 무슨 말인지도 모르겠고. 음악도 이상하고. "

연습곡으로 피아졸라의 'Liber Tango'가 선곡되었다. 전혀 듣지 않던 음악을 듣고 부르려니 괴롭기 그지없는데 심지어 스케일의 변화도 없어 보이고 가사도 온통 빠라빠밤으로 채워져 있었다. 같은 단어면 어찌 해보기라도 할 텐데 빠라삐람과 빠라빠람, 빠라빰빠 그것이 그것 같은 가사들이 빼곡히 채워진 악보가 이화를 괴롭히고 있었다.

"가사가 뭐 이래요? 이게 뭔 뜻이 있는 것도 아니고, 그냥 부르면 안돼요?"

낯선 음악으로 괴롭기 그지없는 이화에게 또 다른 복병이 찾아들었다. 이번에는 그녀의 목소리였다. 톤도 높고 말도 빠른데 그 어투가 다른 언어를 쓰는 단원들에게는 공격적이거나 명령조의 어감으로 전해진 탓이었다.

"이화 너무 시끄러워."

"난 그냥 말하는 건데."

"이화 화내지 마."

".......난 그냥 말하는 건데."

"이화 말은 왜 그래?"

"......"

그냥 말을 하는 것 뿐인데 그 말뜻을 알거나 이해하기 전에 목소리의 톤과 어조의 빠름, 뉘앙스로 주변에서 이화에게 이런 저런 코멘트를 하자 이화는 점점 목소리가 줄어들었다.

비음이 강하고 울리는 소리를 많이 사용하는 발성도, 소리를 꺾어내는 방식도 보컬트레이닝 시간에 끊임없는 수정의 조항으로 따라붙었다.

사는 곳, 먹었던 음식, 바라보던 풍경, 하던 말, 행동이 우리의 목소리 에도 손가락의 지문처럼 결을 남기고 흔적을 새기고 있다는 것을 다른 나라 사람들이 모여 한데 목소리를 내자 확연히 드러났다.

중국사람, 한국사람, 몽골사람, 미국사람.......모두 소리 내는 발성도 방식도 조금씩 다 달랐다. 자신의 모국어를 사용하며 길들여진 발음과 음색과 어조는 정해진 악보를 같은 방식으로 부를 때 더 확연하게 차이 가 났다. 그뿐이랴. 그 몸에 길들여진 리듬감과 몸짓도 모두 조금씩 달 랐다. 서로 다른 것을 알고 있다고 이해하는 것과 서로 다른 것을 막상 만나는 것은 머리와 발의 거리만큼 차이가 있었다. 그냥 각자 혼자 자 신의 방식대로 부르면 될 것인데 그 사람들이 모여 하나의 노래를 함께 부르자 작정하니 서로의 다름이 충돌하였던 것이다.

처음에는 '함께' 라는 말을 '똑같이' 라는 말로 착각했었다.

똑 같은 목소리, 똑 같은 호흡, 똑 같은 방식으로 불러야 한다고 착각한 것이다. 그 착각에서 깨어나게 만든 사람 중 한 명이 이화였다.

빠라빰빠만 하고 있는 시간이 답답했던지 쉬는 시간 이화가 크고 강한 목소리로 자신이 좋아하는 중국의 노래를 불렀다. 개미소리처럼 작게 기어들어갔던 이화의 목소리가 대륙의 바람처럼 시원하게 울려 퍼졌다.

중국어가 지닌 특징이 한국 사람에게는 시끄럽게 들릴 수 있다는 것을 알았지만 한국 사람들도 만만치 않게 시끄러워서 왜 중국말가지고만 뭐라고 할까 마음 상한적도 많았다고 했다. 자신이 배우고 익히고 생활 한 고향의 언어가 지닌 특징이 자신의 목소리에 결을 남기고 있다는 것을 받아들이면서 이화의 비음 섞인 음색은 그녀만의 개성이 되었다.
더불어 소리를 조절하거나 진성을 내는 발성법에도 한층 발전이 보였다.
"뭔 이야기인지 이제야 알겠다."고 했다.
보컬트레이너가 요구하는 것의 기준이 무엇인지 귀를 기울이게 된 것
이다.

단원들 중에 가장 키가 작은 이화는 무대 위에서 통통 튀는 매력을 발
산한다.
아침 사무실에서 이화의 목소리는 활기 넘치는 하루를 시작하게 하는
에너지의 대변자이다. 한번 웃음이 터지면 눈물까지 보이는 그녀의 하
이소프라노 웃음소리는 내용을 모르고도 따라 웃게 만드는 마력을 지
녔다.
직설적이고 빠르게 반응하는 그녀의 언어가 이제 단원들에게는 속 시
원한 돌직구로 작용한다. 더 이상 이화에게 화를 내지 말라라던가, 시
끄럽다고 이야기하는 단원들도 없다. 자신의 판단이 무엇을 기준으로
하고 있는지 조금 더 살피게 되었다.

모르면 모른다고, 이해가 안되면 안 된다고, 납득이 어려우면 왜 그런
것인지를 바로 묻고 이야기하는 이화의 솔직함을 바라보게 되었다.
이화의 돌직구는 서로를 배려한다고, 이미 알고 있다고, 상처 받기 싫
어서 입을 다물 때 진가를 발휘한다. 우린 때로 솔직함에 불편함을 느
낀다.
하지만 이화는 '왜' 라는 질문과 '어떻게' 라는 질문을 놓지 않는다.

무섭다고, 불편하다고 물러서면
그 두려움이 점점 커진다는 것을
이화는 알고 있나 보다. 탱탱볼이
바닥에 힘차게 던져질수록
더 높게 튀어오르듯 고민과
걱정을 뒤로 하고 내딛는 이화의
발걸음은 그만큼 보폭이 크고
강하다.

이화가 "한 번 해봐" 혹은
"해보지도 않고 왜 그래?"라고
말하면 그 누구의 말보다 울림이
크게 들린다. 용감한 사람이
전하는 명언이 아니라 두려움을
이겨내기 위해 용기를 내는
사람이 전하는 잠언처럼 말이다.

▲ 오마르, 필립과 함께한 이화 (가운데)

.......열심히 연습했지만 무대에 못서게 되다니 속상한 마음은 말할 수 없다. 무늬 선곡 할 때도 "아직 전체 불안하고 하니 더 보완히고 다시 무대에 섭시다" 라고 얘기할 때 그냥 그렇게 들었다. 하지만 다시 생각 해보니 어떤 면이 부족한지 질문을 하지 않았다. 직접 물어보지, 라고 생각 하지만 나의 부족으로 이 곡을 못한다는 말을 들으면 상처 받고 자신감 없을까봐 두려웠다. 어쩌면 나는 이 노래하면서 자신감이 더 생겼던 같았다.

지금 일지를 쓰면서 이런 생각이 든다.
본인이 보여주지 않는 이상, 왜 라는 말을 묻지 않는 이상
원하는 답은 스스로 해결되지는 않는다는 걸
....
20120328 이화의 일지 중

이화는 결혼을 통해 2005년 한국으로 이주하였다. 주구장창 '앵그리버드' 그림만 그리는 아들에게 아름다운 풍경을 그려보라고 잔소리하는 보통 엄마이기도 하고 김장 걱정을 하는 주부이기도 하다. 일을 하면서 "자기관리도 하고 더 예뻐지니 좋지 않냐"며 큰소리 치는 아내이기도 하지만 하루에도 몇 번씩 "신랑이 해줬어요" 남편자랑을 달고 사는 사랑스런 부인이기도 하다.
그리고 이십대에 꿈꿔왔던 '무대에 서는 삶'을 시작한 삼십대의 여성이기도 하다.

무섭다고, 불편하다고 물러서면 그 두려움이 점점 커진다는 것을 이화는 알고 있나 보다. 탱탱볼이 바닥에 힘차게 던져질수록 더 높게 튀어 오르듯 고민과 걱정을 뒤로 하고 내딛는 이화의 발걸음은 그만큼 보폭이 크고 강하다.

이화가 "한 번 해봐" 혹은 "해보지도 않고 왜 그래?"라고 말하면 그 누구의 말보다 울림이 크게 들린다. 용감한 사람이 전하는 명언이 아니라 두려움을 이겨내기 위해 용기를 내는 사람이 전하는 잠언처럼 말이다.

오늘도 이화는 맹렬하게 연습 중이다. 연습시간을 확보하기 위해 사무실에서 기안을 작성할 때도 식사를 할 때도 시시때때로 노래를 흥얼거리고 음악을 듣는다.
숨과 누리가 중국의 가요 '황토고지'를 새롭게 편곡하였다.
이화와 누리가 원곡을 알려주고 이내 이화, 숨, 누리가 서로 번갈아 가며 이인조의 '황토고지'를 만들어 내고 있다. 뺀빠와는 '소남야둘라'라는 이중창을 준비 중이다.

올 해 안에는 이화가 그토록 부르고 싶어 하는 '소남야둘라'가 무대 위에서 공식적인 데뷔를 할 수 있으면 좋겠다. 작은 체격으로 무대를 휘저으며 짱짱한 목소리로 노래를 하는 이화의 모습을 더 많은 사람과 오랜 시간 나누었으면 좋겠다.

그녀는 너무 예뻤다
; 규진이야기

규진은 미국 국적을 지니고 있다.

규진은 한국 국적을 지니고 있다.

규진은 이중 국적을 지닌 이십대 여자단원이다.

부모님 유학 중에 미국에서 태어났고 유학이 끝난 부모님을 따라 한국으로 왔다. 한국에서는 중학교 때 어른들의 권유로 미국으로 공부 하러 갔다가 고등학교 때 집안사정으로 인해 다시 한국으로 돌아와 외국어 고등학교를 다녔다. 규진이 이중국적을 지니게 된 것은 그런 생활에서 만들어진 일이었다.

몽땅의 모든 단원들은 자기소개를 할 때 자신의 고국을 말한다. 그 때 규진은 한국과 미국 두 나라의 국적을 지닌 이중 국적자로 표현한다.

규진은 한국 사람도 미국 사람도 될 수 있지만 두 나라 어느 곳이 자신의 고국인지, 두 나라가 모두 자신의 고국인지 애써 분간하려 하지 않는다. 그냥 묵묵히 자신의 일을 하고 자신이 속하고 머무는 시간에 최선을 다할 뿐이다.

"저도 혼란스러울 때가 있어요. 때로 한국에서 만난 사람들은 저를 미국사람으로 받아들이고 미국에서는 한국사람이라고 생각하죠. 어떤 사람들은 그렇게 자신에게 유리한 방향으로 이 곳에서는 저 나라 사람으로 저 나라에서는 이 나라 사람으로 생활할 수 있으니 부럽다고도 하고. 그렇게 두 나라의 국적을 지닌 제가 계산적이라고 하는 사람도 있어요. 제가 만약 남자였다면 병역책임을 도피하려고 이런 상황을 만들었다는 이야기도 당연히 들었을 거예요. 그렇다면 어느 한 곳을 포기하면 되지 않느냐고 이야기하는 친구들도 있는데, 그게 제겐 쉽지 않아요. 한 곳은 내가 태어났고 한 곳은 내가 자랐고, 마치 어디가 진짜 고국이냐고 묻는 것처럼......."

규진이 택한 방법은 그래서 자신을 이중국적의 소유자라고 밝히는 것이다. 미국에서 태어났고 한국에서 자랐다고 말한다. 그리고 자신의 정체성이나 혼란을 애써 분간하거나 판단하려 하지 않는다. 그냥 내가 지닌 조건과 상황이 그렇다고 담담히 이야기 한다.

" 미국에 있는 친구들이 한국에 올 때가 있어요. 미국사람은 영어학원 등 취업에 유리한 부분이 있어요. 특히 백인이면 더 유리하죠. 똑 같이 미국에서 만난 친구인데 필리핀 등 유색인종 친구들은 실력이 더 좋아도 취업에 어려움을 겪는 것도 봤어요. "

규진은 서로 다른 언어로 인해 벌어지는 단원들 간의 오해나, 선입견, 견해의 차이를 중재하려고 노력한다. 서로 다른 문화의 차이나 관습의 차이에서 벌어지는 상황도 꼼꼼히 살피려고 한다. 이는 규진 스스로가 겪고 느낀 사회의 모순을 다듬어가는 행위처럼 보인다.

규진은 말도 행동도 마음도 다 예쁜 단원이다. 눈꼬리가 휘어지며 박장 대소 웃음을 터트릴 때면 주변의 사람들도 규진의 건강한 에너지에 물 든다.

"오늘 중에 홍보연락 다 돌려야 해요."

"규진, 공간이랑 일정 확인해 주세요."

"운영회의 자료 아직 도착하지 않았어요."

"닥쇼 실무라인 회계보고 안되었었는데, 답사 일정이랑 공연내용 보내줘요."

"규진 우리 연습해야 해. 빨리 와!"

공연을 할 때도 회의를 할 때도 답사를 가거나 미팅을 할 때도 규진이 포함된다. 업무범위가 점점 확장되고 있다. 입은 웃고 있지만 눈동자가 피곤으로 풀려 있을 때도 있고 때로는 졸음을 가득 담아 출근하는 모습 을 보이기도 한다.

업무량이 너무 많은 것이 아닌지 규진의 동료들이 먼저 일감을 나누려 고 제안한다. 일이 많다고, 처음 해보는 것이라고, 시간이 없다고 그녀 가 이야기를 하거나 받아들이지 않았다면 어쩌면 그녀 주변의 동료들 은 그녀의 피로함을 눈치채지 못했을지도 모르겠다.

항상 웃는 얼굴로 "네, 해볼게요."를 말하는 규진 덕분에 오히려 주변 에서 그녀의 일을, 생활을 지켜보고 관심 갖게 만든다. 그것이 규진의 힘인 듯하다.

"국적은 주어지는 것이잖아요. 의도를 지녔다면 모르겠지만,
그런 사람도 있겠지만 전 그렇지 않았거든요. 제게 주어진
두 개의 나라가 있었던 거죠. 그 속에 제가 있었어요.
두 나라의 유리한 것만 취하고 살 수 있어서 좋겠다고 하는데...
국적은 소비하는 게 아니잖아요. 두개의 국적을 지녔다고
본인에게 유리하게 국적을 이용한다면 그건 자신의 나라를
소비하는 것 아닌가요? 어느 나라 사람이라는 것이 그 사람의
모든 것을 대변하거나 설명할 수 없듯이 어떤 피부색을 지녔다고
일반화하여 판단하면 안되지요. 그냥 그 사람 그 자체를 만나고
보면 좋겠어요. 조건으로, 환경으로 그 사람을 판단하지 말구요.
두 개의 국적으로 유리한 부분이 있다면 반대로 그래서
겪어야 하는 어렵고 힘든 것도 정말 많아요. 어느 것도 쉽지는
않은 것 같아요."

▲ 청계광장 페스티벌에서의 규진

업무가 확장되고 있다는 것은 일의 양을 떠나 한편으로는 그 사람에게 다양한 기회가 주어지고 있다는 의미이기도 하다. 다양한 일을 해 보는 경험은 그 사람에게도 자신이 무슨 재능을 지녔는지, 어떤 능력을 갖췄는지, 자신의 성향은 무엇인지 판단하고 알아볼 수 있는 밑천이 된다. 우리나라 속담 중 "음식도 먹어 본 사람이 맛을 안다"는 것처럼 내가 무엇을 좋아하고 열정을 지녔는지를 시험해보고 내 스스로를 다듬어 갈 수 있도록 제공되는 다양한 판과 기회는 좋은 텃밭이 되기 때문이다.

한, 두 가지 경험으로 '난 이런 사람이야' 하고 단정 지으면, 음식과 마찬가지로 삶에서도 편식을 하게 되는 오류를 범하는 것에 다름 아닐 것이다.

난 왜 태어났을까? 나는 행복한가? 이 일이 내가 원하는 일인가? 나는 왜 이중국적을 지녔을까? 나는 무엇을 좋아하는 사람일까? 내 성격은 왜 이럴까? 기타 등등.......

규진은 이런 질문을 하는 것보다 스스로에게 다른 질문을 던지는 것을 좋아하는 듯하다. 답이 나와도 그것이 답인지 알 수 없는 질문보다 명확하고 구체적인 질문을 스스로에게 던진다.

청소년들과 1박2일 동안 음악창작을 하는 교육프로그램을 마치고 규진이 올린 글이다.

1. 어떻게 아이들을 지루하지 않게 만들까
2. 어떻게 강사들끼리의 베스트 팀웍을 만들까
3. 어떻게 아이들의 창의성, 음악적 감수성을 건드려 낼까
4. 어떻게 교육 뿐만이 아닌 행정, 사무 일들도 동시에 균형을 잡을 수 있을까
5. 어느 정도로 나의 개입이 필요할까
6. 융통성 있게 대안을 찾는 요령은 무얼까

재미있었던 것은 똑같은 프로그램을 경험한 다른 강사는 같은 내용을 이렇게 질문했었다.

1. 왜 아이들은 무기력할까
2. 왜 강사진은 서로의 역할을 정확히 구분하지 않는 걸까
3. 1박 2일로 음악을 만들라는 무리한 요구를 받아들여야 하나
4. 우린 창작자인데 왜 행정까지 해야 하나
5. 애들은 내 말을 왜 안 듣나

자신이 주체가 되어 던지는 질문과 자신을 제외하고 던지는 질문은 다르다. 변화를 바라는 것과 좋은 결과를 만들어내려는 의도는 같지만 두 방법은 극명한 차이를 보인다.

규진 스스로가 나는 왜 이중국적자인가 혹은 왜 우리 부모는 나를 미국에서 낳고 다시 한국으로 데리고 왔을까? 로 고민하고 질문했다면 아

마 우린 몽땅에서 규진을 만나지 못했을 것이다.

"국적은 주어지는 것이잖아요. 의도를 지녔다면 모르겠지만, 그런 사람도 있겠지만 전 그렇지 않았거든요. 제게 주어진 두 개의 나라가 있었던 거죠. 그 속에 제가 있었어요. 두 나라의 유리한 것만 취하고 살수 있어서 좋겠다고 하는데.......국적은 소비하는 게 아니잖아요. 두개의 국적을 지녔다고 본인에게 유리하게 국적을 이용한다면 그건 자신의 나라를 소비하는 것 아닌가요? 어느 나라 사람이라는 것이 그 사람의 모든 것을 대변하거나 설명할 수 없듯이 어떤 피부색을 지녔다고 일반화하여 판단하면 안되지요. 그냥 그 사람 그 자체를 만나고 보면 좋겠어요. 조건으로, 환경으로 그 사람을 판단하지 말구요. 두 개의 국적으로 유리한 부분이 있다면 반대로 그래서 겪어야 하는 어렵고 힘든 것도 정말 많아요. 어느 것도 쉽지는 않은 것 같아요."

'스펙 쌓기'가 유행이라고 한다.
삶의 경험을 자신의 스펙으로 만들어 가려는 규진의 시도는 자격증이나 어디 졸업장 혹은 한시적인 짧은 배움이나 경험으로 이력서를 채워넣는 사람들과는 다른 스펙의 모습 같다. 무엇이 옳고 그르다거나 맞다틀렸다고 단정할 수 없는 부분이다.
이건 맞다 틀리다가 아닌 '다르다'로 이해해야 하는 것 같다. 누군가에게는 자격증, 자원봉사의 경험, 어디의 졸업장이 자신의 삶을 기획하고 이끌어가는 디딤돌이자 과정이 될 수도 있을 테고 그런 경험으로 흔히 말하는 좋은 직장과 커리어를 획득할 수도 있을 것이다.

단지 규진처럼 남들이 선택하는 길을 걷지 않고 다른 길을 선택하는 사람도 있다는 것을 더 많은 사람들이 알았으면 좋겠다. '어느 나라사람이다.'라는 한줄 정보로 그 사람의 능력과 재능이 평가되면 안된다는 것을 규진이 보여주고 있듯 자신의 인생을 기획하는 방법도 사람마다 모두 다를 수 있기 때문이다.

규진은 첫 번째 직장인 이곳에서 높은 보수, 진급, 권위나 명예보다는 자신을 아끼고 인정하는 동료들과 수많은 다양한 기회를 경험하며 자신의 의견과 판단이 반영된 회사를 만들어가고 있다.

규진이 경험한 사회의 모순이나 일반화의 오류를 언젠가는 규진도 하게 될 지 모르지만 최소한 지금 이 순간 그녀는 자신의 방식으로 그런 문제를 하나 둘 풀어가고 있다.
그런 그녀가 예쁘다.

Hi Erickshi
; 에릭이야기

에릭이 돌아왔다. 비자변경을 위해 고국인 필리핀으로 떠난 지 한 달이 넘어서였다. 모든 서류가 완벽하게 구비되어 일주일 정도면 행정처리가 완료된다 하였다. 휴가를 포함하여 간만에 집안 식구들도 만나고 오겠다고 열흘 정도의 체류일정을 예정했는데 한 달이 넘어서 돌아온 것이다.

한국에서 일을 하기 위해 이주민들은 방문목적과 사유에 적합한 비자를 지니고 있어야 한다. 영주권이 없는 이주민 중 몽땅처럼 수익이 따르는 예술 활동을 위해서는 E-6(비자의 형태 중 하나)를 발급받아야 한다. 비자의 발급은 단계별 조건과 심사의 규정을 통해 가부가 결정된다. 비자는 기간이 정해져 있고 기간이 만료되면 고국으로 돌아가야 한다. 에릭은 기간 연장을 위해 준비하던 중 예상보다 시간이 오래 소요되어 잠시 고국으로 돌아가야 했다. 그렇지 않으면 미등록이주자가 되는 것이다.

비자만료가 되는 시점이 다가오면서 에릭 역시 초조함을 감추지 못했다. 이주민들이 비자의 기간과 형태에 따라 접하는 스트레스의 강도는 선주민이 예상하는 것보다 훨씬 높다. 이는 한국에서 해외로 이주하거나 방문할 때 우리가 경험하는 것과도 다르지 않을 것이다.

'초超 긍정주의'라고 불리던 에릭의 얼굴에서 웃음이 사라지고 몇 번씩 다시 돌아올 수 있는지를 확인했다. 처리기간이 얼마나 될지, 복귀할 수 있는지, 행정상 아무 문제가 없을지를 확인했다. 괜찮다고 문제될 것이 없다는 답변을 들었을 때도 에릭이 느끼는 초조함은 줄어들지 않아 보였다.

외국인 취업자 수가 79만 명에 이른다고 한다. 그들 중 대다수가 비자와 근무환경에 대한 스트레스를 경험하고 있을 것이다. 통계청에서 조사한 바로는 비자만료 후에도 한국에 머물고 싶다는 의사를 묻는 항목에 80%가 그렇다고 응답했다고 한다.

에릭 역시 비자만료 후에도 근무하기를 희망했고 몽땅에서도 당연히 에릭과 함께 일하기를 원했다. 비자기간을 연장하기 위한 준비를 했고 곧 처리될 것이라 생각했는데 예상치 못한 변수가 몇 가지 생겼고 그것을 준비하다 보니 어느덧 만료기간이 다가온 것이었다. 고국에 방문해야 했고 그렇다면 휴가를 포함하여 오랜만에 가족과 회포를 풀고 오라고 한 것까지는 좋았는데 필리핀으로 떠난 에릭이 예정된 기간 안에 돌아오지 못하게 된 것이다.

올 한 해 크고 작은 태풍이 한반도를 강타했는데 필리핀도 태풍으로 인

▲ 한국에서 대학원을 졸업하고 몽땅에 합류하여 비자를 변경한 에릭

몽땅에서 생활하다 보면 돌아갈 집이 있고, 기다리는 가족이 있고, 내가 무엇을 하든 언제까지 하든 제한이 없는 권리, 그 당연한 일이 새삼스럽게 인식된다. 에릭에게 몽땅이 돌아올 곳, 기다리는 사람이 있는 곳, 자신의 능력을 펼칠 수 있는 곳이 되길. 그래서 에릭이 "괜찮아요." 보다 "재미있다, 즐겁다, 보람있다."라는 말을 더 많이 할 수 있게 되길 바란다.

한 홍수를 만났다.

인터넷이나 전화를 통해 필리핀 해당기관과 행정을 처리하고 있었는데 인터넷 연결이 어려워지고 때에 따라 전화 연락도 쉽지 않았다. 담당자의 답변도 정확히 무엇을 이야기하는지 해석이 어려울 때도 있었다. 구비목록에 없었던 서류와 자료를 보내달라는 요청도 왔다.

복귀하는데 문제가 없을 것이라고 예상했는데 지연되자 당장 진행되던 업무에 차질이 생겨났다. 복귀 이후 시점으로 예상하고 에릭이 포함되어 있던 공연이나 교육사업들을 다른 인원으로 대체해야 했다. 언제 돌아올 지 확답을 받을 수 없으니 필리핀 해당기관에 전하는 메일의 내용에 점차 센 어조가 실렸다. 기다리라고, 처리 중이라는 이야기만 반복하여 듣게 되니 무엇 때문에 그러는 것인지 점점 의심이 생겨났다. 보내달라는 서류는 잘 받았는지 무엇에 사용되는 것인지 그렇다면 혹시 추가로 또 준비해야 하는 것이 있는지 처리 중이라는 답신만으로는 해소되지 않는 의문도 뭉게뭉게 피어올랐다. 답답한 마음에 어느 나라에나 자신의 권위를 이용하여 수수료를 챙기려는 사람들도 있으니 혹시 우리가 그런 사람을 만난 것은 아닌가 하는 생각까지 들 정도였다.

말 그대로 처리가 지연된 것이었다. 에릭이 돌아왔다. 기다리고 있던 우리에게는 에릭이 돌아온 것이지만 그의 입장에서는 다시 떠나온 것이겠다.

에릭은 29살이지만 몽땅에서 가장 어려보인다고 이야기 듣는 매력의 소유자다. 에릭씨라는 호칭은 단원들이 그와 장난칠 때 부르는 말인데 보우타이를 즐겨하고 티셔츠보다는 셔츠를, 항상 단정한 신사처럼 자신을 꾸미는 패션취향 덕분에 생긴 이름이기도 하다. 영어와 한국어를 섞어 사용하므로 에릭과 대화를 나눌 때면 두 언어가 짬뽕된 재미있는 체험을 하기도 한다.

2006년 한국에 처음 왔는데 원래는 취업알선을 하는 한국업체를 통해 영어강사로 취업하기 위해 입국했다고 했다. 그런데 이게 웬일, 공항에 도착하니 사람이 없었단다. 전화도 안되고 사무실도 없는 곳이었단다. 취업사기를 당한 것이었다. 자신과 같은 처지에 있던 사람들과 공항로비에서 밤새 기다렸는데 그 때가 태어나서 가장 길고 무서운 밤이었다고 했다. 그 후 파란만장한 과정을 겪고 유학으로 다시 한국에 와서 대학원을 마쳤다.

"그 사람 잡았어요?"

"못 잡았어요."

"와 진짜 나쁘다 그 사람."

"아 괜찮아요."

"아니 뭐가 괜찮아요?"

"음 이젠 괜찮아요. 그 때는 안 괜찮았어요."

'초 긍정주의' 에릭은 거의 모든 상황에 이렇게 말한다. "괜찮아요." 화가 나거나 속이 상할 때도 "아 괜찮아요." 라고 말한다.

단지 눈가에 미소가 사라지거나, 입가가 굳어지거나, 짙은 눈썹이 조금

처질뿐이다.

긴 시간 고국에서 에릭 역시 초조하기는 마찬가지였을 텐데 돌아온 에릭은 역시 "괜찮아요."라고 오히려 그를 기다렸던 단원들을 위로해 주었다. 맛있는 과자며 초콜릿을 꺼내 놓으며 집에 다녀 온 티도 내주었다. 한국에서도 구할 수 있을 테지만 단원들을 생각해서 비행기로 5시간 공수해온 과자는 더 달콤하고 정말 맛있었다. 과자파티를 하는 중에 다른 목소리가 들렸다.

"아 나도 고향에 다녀오고 싶다."

몽땅에서 생활하다 보면 돌아갈 집이 있고, 기다리는 가족이 있고, 내가 무엇을 하든 언제까지 하든 제한이 없는 권리, 그 당연한 일이 새삼스럽게 인식된다.

에릭에게 몽땅이 돌아올 곳, 기다리는 사람이 있는 곳, 자신의 능력을 펼칠 수 있는 곳이 되길. 그래서 에릭이 "괜찮아요."보다 "재미있다, 즐겁다, 보람 있다."라는 말을 더 많이 할 수 있게 되길 바란다.

외국인 비자

▶ 취업사증 (Visa) (법무부)

1. 국내에 취업하기 위한 외국인의 취업사증 종류

비자타입	비자종류	내 용
C4	단기취업	90일 이내의 단기간 취업활동으로 예술활동, 연예인, 연구 및 기술지도, 공 · 사 기관과의 계약관계, 각종 용역제공, 전자 및 정보산업 기술분야 등
E1	교수	전문대 이상의 교육기관 또는 이에 준하는 기관에서의 교수직, 고급과학기술인력으로 연구 및 기술지도 등 이공계 박사학위 소지자
E2	회화지도	외국어 전문학원 및 초등학교 이상 교육기관에서의 언어회화 교육
E3	연구	자연과학기술분야 및 고도기술의 연구개발 종사자 등 고급과학기술인력
E4	기술지도	공 · 사 기관에서 자연과학 전문지식 또는 산업상의 특수분야 기술 제공
E5	전문직업	국가공인자격증 소지자로 항공기 조종사, 의료기관 근무자, 남북교류 등의 필요한 특정기술자, 선박운항 및 해당특수요원 등
E6	예술흥행	수익이 따르는 예술활동, 수익이 따르는 연예 흥행활동, 스포츠선수
E7	특정활동	공 · 사 기관과의 계약관계에 의한 직업활동, 정보기술등 첨단산업 분야
E9	비전문취업	외국인근로자의 고용 등에 대한 법률'의 규정에 의한 국내 취업요건을 갖춘 자
E10	내항선원	해운법상 여객운송사업 · 화물운송사업을 영위하는 선박 중 선원법이 적용되는 선박에 승선하여 부원으로 취업하려는 자
H1	관광취업	관광취업사증협정국가의 국민 중 관광비용을 충당하기 위해 단기적으로 취업하려는 자

2. 위의 조건 외 동반취업사증 F1 F2 F3 F4 을 취득한 사람은 취업사증과 관련 없이 취업할 수 있음

3. 대부분의 이주노동자는 고용허가제를 통한 E9 사증을 통해 국내 취업하며, 몽땅의 경우는 E6 사증이 필요

4. 에릭의 경우 유학(D2) 사증을 가지고 있었으나, 몽땅에 취업하면서 사증을 변경함. 이 경우에는 새로운 사증 발급을 위해 다시 본국에 다녀와야 함

We ar

Yes!
We are different

montant

same

We are same

We are different
We are same, montant

난 노래하고 싶어
; 누리 이야기

오디션 자리에 긴 생머리의 여성이 올라왔다. 음악이 흘러나오자 친한 친구들과 노래방이라도 온 듯 한바탕 신나는 판을 펼쳤다. 그러나 마이크를 통해 증폭된 그녀의 목소리는 떨렸고, 팽팽하게 긴장된 눈빛을 숨기기에는 미소 짓는 입꼬리의 경련이 심했다.

누군가에게 평가를 받고 그 결과로 자신의 앞날이 결정되는 오디션이란 아무리 마음 단단히 먹고 즐거운 분위기를 만든다고 해도 쿵쾅거리는 심장과 얼음처럼 차가워지는 진땀을 느껴야 하는 일. 잘 하고 못 하고를 떠나 평가받는 자리는 늘 어려운 것이다. 긴장된 시간이 흐르고, 중국에서 이주해 온 누리는 신입단원 공개오디션에 합격했다.

기분이 좋아서, 때로는 마음이 아파서 불렀던 노래, 힘들거나 지칠 때 나오던 노래가 이제 일과 직업으로 다가왔다. 꿈만 꾸던 기회가 눈앞에 펼쳐졌다. 가정환경으로, 결혼으로, 집 안의 장녀로 포기하고 묻어두었던 꿈이 현실이 되어 다가왔다.

누리는 난생 처음 보컬이 되기 위한 학습을 받게 되었다.

발성, 화성악, 호흡 교정, 시창, 청음, 신체 훈련....... 그러나 시간마다 비음이 섞인 발성, 불안한 음정, 자신감 없는 호흡이 그녀의 발목을 잡았다. 배우고 익혀야 할 것은 많았고 잘하려고 할 수록 실수는 늘어갔다.

노래를 부르는 것은 더 이상 즐겁지 않았고 누군가 듣고 있다는 것이 괴로웠다. 하루 종일 음악을 듣고 밤늦도록 동네 공원에서 소리를 내보았지만 아무도 없는 집에서는 곧잘 되던 것이 누군가 앞에 있기만 하면 거짓말처럼 숨 막혀오기 일쑤였다. 그냥 포기하자 생각하면 그만 둬도 되는 이유가 수십 가지 떠올랐다.

모든 것이 마음에 들지 않았다.

비음 섞인 음색, 뚱뚱해 보이는 몸매, 긴장되어 있는 표정, 늘 놓치는 박자, 아무리 외워도 까먹는 가사, 처음 듣는 음악, 불안한 음정, 개미소리 만한 발성, 촌스러운 옷차림.

그리고 그 모든 것을 뛰어넘지 못하는 자신.

노력하면 될 것이다 생각했는데 노력을 할수록 오히려 실망이 커졌다.

이런 시간을 꿈꿔왔는데 현실은 그 꿈과 너무 달랐다.

.......또 한 번의 기회가 오긴 했지만 과연 이 길이 내가 가야하는 길이 옳은지!

내가 간절히 가고 싶다고 해서 갈 수 있을까

아~ 나 자신도 많이 부족하다는 것을 알고 있고 그 어떤 충고도 받아

들이자고 마음을 먹었었는데. 마음이 무겁다.
예술을 직업으로 살아가는 게 쉬운 것이 아니라는 것도 알고 있고
현재의 나의 실력으로, 음악에 대해 잘 알지도 못하고 특별한 끼도 개
성도 없으면서 지금 계속 하겠다는 것이 나의 욕심인 것 같아서 마음이
무겁다. 적지 않은 나이에 지금 시작한다는 것이 쉬운 일은 아니다.
2011 0909 누리 일지 중

노래 부르는 것이 일이 된 순간 더 이상 노래가 나오지 않았다.
누리를 지켜보던 음악감독진이 새로운 프로그램을 제안했다.
박자도 음정도 가사도 신경 쓸 필요가 없는 시간이었다. 즉흥으로 노래
를 만들고, 부르고 싶은대로 부르고, 하고 싶은 말을 가사로 만드는 시
간. 조용한 기타소리와 동료들의 허밍이 들려오자 누리의 마음 속 이야
기가 노래가 되어 흘러나왔다.

기분이 좋을 때 노래하고 싶다, 아지랑이 피어나는 봄처럼
술 한 잔 마시면 노래하고 싶다, 무더운 여름처럼
쓸쓸할 때 노래하고 싶다, 낙엽이 떨어지는 가을처럼
그리울 때 노래하고 싶다, 봄을 그리는 겨울처럼
난 노래하고 싶어

누리 혼자 시작한 노래가 어느 사이 합창이 되어 있었다. 이화도, 에릭
도, 까를로도, 모뚜도.
한 명씩 자신의 마음 속 이야기를 소리 내어 노래로 불렀다.

......생각해보면 딱 하나 다른 이유가 포기하려는 마음을 늘 이겼다.
"난 노래하고 싶어"

누군가에게 잘한다 소리를 듣고 싶어서 노래를 시작한 건 아니었다. 물론 주변에서 그런 이야기를 할 때면 기분도 좋고 괜히 어깨에 힘도 들어갔지만 생각하면 늘 언제나 흥얼흥얼 노래하는 것이 좋았다. 남들이 힘들면 도와주는 것이 당연한데 내가 힘들 때면 누군가 걱정하는 것이 싫었다. 그러다 시름이 깊어질 때 한바탕 노래를 하면 다시 살아갈 힘이 생기고는 했다. 두고 온 가족이 그리울 때 라디오에서 흘러나오는 노래가 그 마음을 알아주었다. 가만히 듣고 있다가 흥얼흥얼 소리가 되어 나오면 눈물 대신 흐르듯이 그리움이 씻겨 졌다. 아무리 오래 살아도 난 이방인이구나 싶을 때면 일부러 소리 높여 환호성 처럼 노래를 불렀다.
호흡이 가빠지고 노래에 따라 몸도 흔들고 머리도 흔들고 나면 가라앉은 마음도 올라왔다.
복잡한 가정사가, 뜻대로 되지 않는 아이의 하루가 미안하고 고마울 때도 그 마음 담아 노래했다.

생각하니 노래는 그런 것이었다.

내 마음을 들려주고 네 마음에 귀 기울이는 대화였다.
어찌할 수 없는 감정을 표현하고 달래주는 위로였다.
지치고 힘든 나를 돌보고 기운 내라고 응원하는 친구였다.

▲ 누리는 공연단원으로의 활동 뿐 아니라 몽땅의 회계와 세무업무 등 살림꾼으로서의 역할을 함께 맡고 있다.

잘하고 싶고 잘 해보이고 싶어서 한 걸음 한 걸음 걷기보다 바로 뛰고 날고 싶었으니 그간 노력했던 과정이 늘 하찮게 보이고 성에 차지 않는 것이었다. 한걸음씩 걷다가 이제 제법 속력도 낼 수 있게 되었는데 늘 뛰고 날고 하는 생각만 하니 지금 걷는 것이 답답하고 한심했던 것이었다. 아홉 번 칭찬을 받다가 한 번 잘 못했다 소리를 들어도 그 소리만 남아서 자신을 다그쳤으니 노력을 할 수록 실망이 커질 수밖에 없었다.

하나씩 조금씩 생각의 여유가 생겨나니 그간 자신을 괴롭혔던 것은 끊임없이 자신의 미운점만 들춰내며 혼을 내던 또 다른 누리였다 싶었다.

이런 나와 같은 사람들을 찾아나서는 여행이고 만남이었다.

노래는 그냥....... 아주 오래 전 부터 내가 태어나기 전부터 그런 것이었다.

그렇게 잊고 있던 노래의 의미가 떠오르니 조금씩 자신이 하고 있는 일이 무엇인지도 마음이 열렸다.

음식도 말도 땅도 다른 곳에서 살다왔으니 고향에 어울리는 목소리와 호흡을 지니게 된 것은 당연한 것이었다. 그 소리가 몸을 채우고 당연하듯 익숙해졌다가 다른 음식, 다른 말을 하는 다른 땅에 왔으니 그간 내던 소리를 처음인 듯 알게 된 것이다. 자신의 소리통에 무엇이 담겨 있는지 알았으니 이제 어떻게 이끌어야 좋을지를 생각하면 되는 것이었다.

화성악을 외워야만 하는 암기과목으로 생각했는데 그것은 자신이 한국말을 배우고 익혔던 것처럼 음악의 공통 언어였다. 음악과 친해지고 서로 알아가려면 그 언어를 알아야 말 걸기 편해질 테니 그런 도구와 기술을 익히자 받아들였다.

일상적인 몸놀림만 하면서 30년을 넘게 살다가 표현을 하는 몸, 소리를 내는 몸으로 몸이 바뀌어 지려니 몸이 그간 참 스트레스를 받았겠구나 싶었다. 몸살과 근육통은 그런 몸이 보내주던 신호였는데 몸의 이야기는 싹 무시하고 거울에 비춰진 몸, 카메라에 담긴 몸, 다른 몸과 비교하는 몸의 이야기에만 귀를 기울였으니 몸이 원하는 것과 정반대로 몸을 만났구나 싶었다. 무조건 일단 날씬해 보이고 싶어서 출근 전에 운동하고 다이어트 식단으로 바꾸고 심지어 밥도 굶어가며 하루를 보냈으니 점심이 지나면 지치고 짜증나고 밤잠도 깊어지질 못했구나 싶었다.

잘하고 싶고 잘 해보이고 싶어서 한 걸음 한 걸음 걷기보다 바로 뛰고 날고 싶었으니 그간 노력했던 과정이 늘 하찮게 보이고 성에 차지 않는 것이었다. 한걸음씩 걷다가 이제 제법 속력도 낼 수 있게 되었는데 늘 뛰고 날고 하는 생각만 하니 지금 걷는 것이 답답하고 한심했던 것이었다. 아홉 번 칭찬을 받다가 한 번 잘 못했다 소리를 들어도 그 소리만 남아서 자신을 다그쳤으니 노력을 할 수록 실망이 커질 수 밖에 없었다.

하나씩 조금씩 생각의 여유가 생겨나니 그간 자신을 괴롭혔던 것은 끊임없이 자신의 미운점만 들춰내며 혼을 내던 또 다른 누리였다 싶었다. 그 불안과 두려움을 내색하지 않으려 다른 사람의 도움을 받는 것을 주저했다. 혹시나 가장 사랑하는 딸도 그런 엄마에게 실망할까봐 꽁꽁 싸매고 살다보니 누군가 나의 부족함을 먼저 알까봐 겉으로는 강한 척 하면서 하루 종일 긴장하며 살았다 싶었다.

생각은 조금씩 달라지는데 그래도 여전히 거울을 보면 못난 점만 보이고 노래를 하면 부족한 것만 보였다. 생각이 달라진다고 행동도 하루아침에 바뀌지는 않았다. 하지만 어제보다는 오늘 조금 더 자신을 용서하고 받아줄 수 있게 되었다. 노래를 통해 만나게 된 것은 자신에 대한 이해였고 타인에 대한 공감이었다.

나보다 잘나고 아름답고 좋은 재능을 지녔다고 생각한 사람도 조금 깊게 들여다보면 별반 나와 다르지 않은 괴로움을 지니고 있었고 그들도 음악을, 노래를 통해 그렇게 자신과 만나고 타인과 만나는 것이 느껴졌다. 인종이 다르고 말이 다르고 살아왔던 습관이 달라도 음악이 주는 힘과 노래가 주는 아름다움은 그 모든 경계를 넘나들며 동일하게, 어느 누구에게나 공평하게 찾아왔다. 5분이 되지 않는 한 곡의 노래 안에는 그 나라 사람들의 생각과 문화, 눈물과 웃음이 담겨있어서 가사를 몰라도 멜로디가 낯설어도 비슷한 감정, 끄덕이는 공감, 알 수 없는 감동을 주는 것이 참 신기하고 즐거웠다.

초등학교 아이들을 만나서 단원들이 각자 자신의 나라에 전해지던 자장가를 모국어로 불렀던 날, 아이들은 손을 번쩍 들며 그 노래 가사와 내용이 이런 것이 아니냐고 신이 나서 말했는데 놀랍게도 중국, 미얀마, 몽골, 필리핀 각기 다른 나라 말로 전해진 서로 다른 노래를 흡사하게 상상하고 맞춰 내었다. 노래의 힘이란 이런 것이구나. 가만히 귀 기울이면 노래는 그렇게 가만가만 서로를 이어주는구나 싶어서 오히려 노래 부른 자신보다 귀 기울여 준 아이들이 고마웠다. 아이들이 노래를 잘 부른다는 것은 결국 귀를 기울이고 소리를 듣는 것에서 시작되어야 한다고 말해주는 것 같았다.

누리는 여전히 살을 빼고 싶어 하고 노래를 잘 하고 싶어 한다. 그렇지만 이제는 밥을 굶는 다이어트를 하지는 않는다. 더 많이 움직이고 더 많이 웃는다. 무대에 많이 서는 것보다 한 번을 서더라도 제대로 준비하여 올라가려 하고 주목받지 않아도 누군가 자신을 보고 귀 기울이는 사람이 있다는 것을 믿고 있다. 진심을 담아 노래하면 그 노래가 누리를 다른 곳, 다른 삶과 연결시켜 줄 것도 믿고 있다.

출 퇴근하는 뮤지션
; 농담과 오마르 이야기

뮤지션, 작가, 배우, 디자이너, 화가, 영화인…… 무엇인가 창조적이고 창의력에 넘치며 창작의 고통에 시달리며 한 땀 한 땀 자신을 투영시켜 작품을 만드는 과정이 그려진다. 아이디어가 떠오르면 그곳이 어디든, 누구와 함께 있든 주변의 시선 따위 개의치 않고 창작의 열의를 불대울 것만 같다. 그들은 왠지 나와 다른 끼와 재능을 '응애' 하고 첫 울음을 터트리던 순간부터 지니고 태어나 아우라와 범상치 않은 에너지를 폴폴 풍길 것 같다. 예술가란 모름지기 현실의 계산과는 다른 자유로움을 지니고 속세의 머리 아픈 일상과는 다른 일상을 살 것 같다. 아침에 만원 버스나 지하철에 시달리며 정해진 시간에 출근하고 정해진 시간에 퇴근하고 한 달에 한 번 급여통장에 들어오는 월급을 기다리는 그런 일상과는 무관한, 자유로운 영혼들!

그러나, 알다시피 어느 부분은 그렇고 어느 부분은 그렇지 않다.
적어도 우리 주변에 있는 예술가들은 법정노동시간인 주 40시간을 훨씬 뛰어넘는 강도 높은 노동에 시달리고, 자유로운 시간을 사는 것이 아닌 잠을 줄이고 가족과의 만남을 줄이고 사생활을 줄이면서 시간을 확보하고 끊임없이 자신의 소비패턴을 바꾸고 줄여가며 불안정한 수입에 꾸역꾸역 맞춰사는 사람들이 더 많아 보인다.

비싼 등록금을 내며 학교에서 배우고 익히고 노력한 것을 사회에 나와 구현하려 해도 시간제나 프로젝트 단위의 임시적인 기회만 올 뿐 그조차도 나이가 조금 들어가면서는 자신 뿐 아니라 책임져야 할 가정이나 사회의 눈치를 보며 전업이나 재취업을 위한 생존의 선택을 하게 되는 경우도 적지 않다.(2011년 4년제 대학졸업자 취업 현황을 보면 평균 취업률이 54.5% 인데 반해 국악, 미술, 음악 등의 분야는 평균 23%의 취업률을 나타냈다.)
비싼 등록금을 내는 학교를 안 다녀도 다른 배움이나 경험으로 그 일을 할 수는 있지만 학교를 나온 사람도 기회를 얻기 어려우니 그나마 없는 사람들은 그 기회까지 스스로 만들어야 한다. 그러니 전 국민을 대상으로 하는 수많은 오디션 프로그램이 이토록 각광 받는지도 모르겠다.

오마르는 모로코에서, 농담은 한국에서 태어났다. 두 명 모두 음악가이며 예술교육을 하는 교사이기도 하고 곡을 만들고 작품을 창작하는 창작가이기도 하다. 그 둘은 오며가며 서로를 알기는 했지만 함께 작업하는 뮤지션으로 만나게 되리라고는 예상하지 못했다.
그런데? 둘은 지금 같은 팀원이다.

한국인 부인을 만나 이주한 오마르와 미술교사가 되려고 준비하다 노래

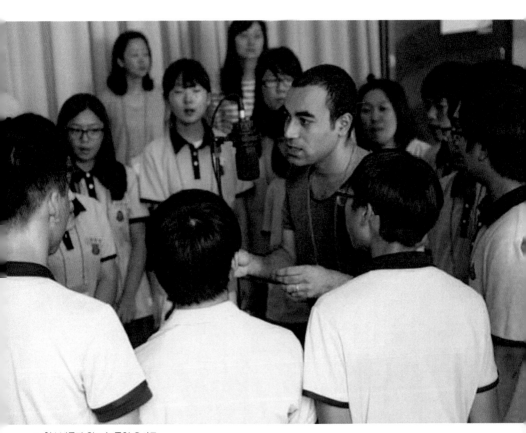

▲ 청소년들과 워크숍 중인 오마르

예술을 기반으로 일을 하는 사람에게도, 문화를 만들고 사회의 고민을 풀어가는 사람에게도 지속적인 일을 할 수 있고, 노동의 대가를 받을 수 있는 일터가 필요하다.

▲ 몽땅의 수석단원 농담 (가운데)

부르는 사람이 된 농담은 한 명은 영어로 한 명은 한국어로 대화하며 음악을 만들고 소리를 찾는다. 둘 다 음악을 전공한 전공자는 아니다. 그래서? 지금 그들은, 둘 다 음악가로 산다.

공연을 하는 모든 사람들과 마찬가지로 연습을 하고 창작을 하고 다시 수정하고 관객의 호응과 공감에 날카롭게 촉각을 세우고 밤을 새기도 하고 휴일 없이 일하기도 한다. 정해진 날까지 완성도를 높이기 위해 집요하고 치열하게 질문을 주고받고, 서로의 영감을 자극하기도 하고 무시하기도 하며, 고집인지 아집인지 배짱인지 자신감인지 알 수 없는 기 싸움도 벌였다가 자신의 재능에 낙담하기도 하고 스스로의 천재성을 발견했다고 믿기도 한다.
그리고? 만원버스와 전철에 시달리며 출, 퇴근 하는 직장인이다.

당연한 일이다. 일하는 사람들에게는 직장이란 것이 있으니 그 일이 무엇이든 그런 사람들이 모여 직장을 만들 수도 있고 혹은 그런 직장에 다닐 수도 있다.
그러나 오마르와 농담은 "뮤지션이 출퇴근을 한다고?"하며 놀라거나 반색하거나 "그런 곳이 있냐"며 질문을 되돌리는 사람을 만나기도 한다. 그리고 그중 몇몇 사람들은 다시 그들의 직장이 공연자가 소속된 기획사인지 확인하고 그것도 아니라면 고개를 갸웃거리며 "에이 무슨 음악가가 직장을 다녀. 안 어울리게" 하며 "그래서 돈은 많이 벌어? 예술가들 배고프다며" 라고 다시 질문을 던진다.
답을 해도 에이~ 하고 들어주지 않고, 듣고 싶은 답을 정한 후 질문을 던지면 농담과 오마르는 그냥 웃게 된다.

자신이 택하고 원하는 일이라고 해도 어렵고 힘들고 괴로운 일이 피해 가지는 않는다. 과정을 지나 결과물을 만나려면 당연히 시간도 자원도 투자되어야 한다. 그러기 위해서 내일, 한 달 뒤, 일 년 뒤 자신의 생활을 예측할 수 있는 최소한의 경제기반과 함께 일하는 동료는 절실하게 필요하다. 꼭 창의성과 상상력의 기반이 아니더라도 자신의 삶을 책임져야 하는 성인에게는 할 일과 노동에 대한 대가를 지불해 주는 일터가 필요하다. 당연하다.

예술을 기반으로 일을 하는 사람에게도, 문화를 만들고 사회의 고민을 풀어가는 사람에게도 지속적인 일을 할 수 있고, 노동의 대가를 받을 수 있는 일터가 필요한 것이다. 그 일터가 사회를 변화시키는 작은 힘이 된다면, 그리고 그런 일터가 많아진다면 그럼 그 사회에 살고 있는 구성원 모두에게도 좋은 일이 되지 않을까?

다행히 사회전반에 걸쳐 이런 고민과 문제의식이 점차 현실적 방안으로 나타나고 있다. 문화, 예술, 관광, 운동 분야의 사회적기업은 2007년 3개, 2008년 9개, 2009년 7개 단체가 인증을 받았지만 2010년 49개, 2011년 31개 단체가 인증을 받는 등 최근 크게 증가했음을 알 수 있다.

중요한 것 중 하나는 이렇게 만들어진 사회적기업들이 그 취지와 목적에 닿을 수 있도록 지속적으로 성장하는 것인데 상대적으로 사회적경제가 이제 출발하는 단계이고 문화예술 분야는 사회흐름에 따라 가변성이 높은 판인지라 안정성을 담보하기에 어려움이 있다는 것.

무엇보다 사회적기업 구성원들의 노력만으로 스스로 자생하고 사회적 문제를 풀어가고 고용을 안정화시키고 수익을 창출하고 다시 사회에 재투자하는 성과를 빠르게 바라는 것은 너무 무리하고 가혹한 요구라는 것이다. 이런 기회를 만들어내고 스스로 돌파구를 찾아보려는 자구적인 노력에 말 그대로 사회 전반, 정책과 인프라, 평가에 새로운 시각과 힘을 보태야 가능할 것이란 얘기다.

그럼에도 스스로 자신의 미래를 만들어가고자 하는 끊임없는 노력은 응원 받아야 마땅할 것이다. 오마르와 농담은 출퇴근 하는 뮤지션을 넘어 사회를 변화시키는 일터를 만드는 청년창업가의 꿈도 같이 꾸고 있다.

극단적 무늬 프로그램 사용설명서

하나. 프로그램 가동 시 중단 혹은 되돌아가기 기능이 없음을 명심 하세요.

둘. 자가 성장 기능을 통해 사용자 편의와 무관한 바이러스가 출몰합니다. 퇴치하세요.

셋. 혼자 혹은 여럿이 함께 즐길 수 있으나 혼자, 혹은 여럿이 함께 폭탄을 맞을 수도 있습니다.

넷. 40여 일간 프로그램 가동이 지속되면 사용자에게 기쁨주고 사랑받는 음악이 제공됩니다.

이상하게 지루했다. 이상하게 답답해지기도 했고, 이상하게 재미도 없었다. 그렇다고 딱 꼬집어 무엇이 잘 못 되었거나 사건이 벌어지지도 않았다. 주변은 어제와 다름없이 평온해 보였고 아침부터 저녁까지 하루가 어떻게 가는지 바쁜 것도 여전했다.

단원들은 주어진 훈련 프로그램을 충실히 하고 있었고 지도자들과 문제도 없어 보였다. 아니, 그런데 바로 그것! 아무 일도 벌어지지 않는 것이 문제였다.

전문적인 일을 하자고 단원훈련프로그램을 만들었는데 시간이 갈수록 단원들은 학생처럼, 감독들은 선생님처럼 변해가고 있었다. 직장이 아니라 학교처럼 변하면서 이러다가는 학기말 고사라도 봐야 하는 것이 아닌가 하는 이질감이 들었다. 서로 불만을 이야기하지 않고 친절과 배려를 가장하여 무언가 꾹 참고 있는 것이 느껴졌다. 긴급대책회의가 열렸다. 다문화 사회의 새로운 사회적기업을 육성해 보자고 벌인 판이 뭔가 잘 못 되어가고 있다는 판단이 들었다.

체계적인 교육시스템을 만들려고 한 것이 욕심이었다. 배움의 다양한 방식을 시도하기 전에 안정적인 교육시스템을 흉내내고 있었던 것이다. 전면 수정. 전제를 무너뜨리자. 하나 둘 이야기를 꺼내다 보니 딱히 사건이 벌어지지 않았을 뿐이지 이미 슬슬 고이고 정체된 흐름이 조직의 운동성을 가라앉게 하고 있었음을 알게 되었다. 팽팽한 의견이 테이블에 가득 찼다. 진행되는 것을 중단하자니 당장 다음날부터 운영이 문제였고, 다른 것을 시도하자니 그간 만들어 놓은 것들마저 붕괴될 수 있었다.

"이렇게 하죠. 음악감독이신 무늬가 원하는 방향으로 힘을 모아 봅시다."
"음악감독이 중심을 잡고 원하는 것을 먼저 시도해 보는 거지요."
"무늬가 극단적으로 나오셔야겠는데요."
"아예 프로그램을 극단적 무늬 프로그램으로 할까요?"

" .... 그럼 제가 책임지고 한번 가볼까요?"

극단적 무늬프로그램은 그렇게 탄생했다. 무엇을 하자 결정한 바는 없었지만 진행하던 단계별 교육프로그램 대신 융합하고 해체하고 삽입하고 점핑하는 다양한 방식의 배움을 선택하기로 했다. 그리고 전체 단원들과 그간의 고민을 나누고 40일간 한번 모험을 떠나보자 제안했다. 호기심과 두려움, 불안과 흥분이 교차되면서 정체된 듯 했던 조직의 분위기는 당장 달라졌다.

극단적 무늬프로그램은 미션수행부터 시작되었다. 전적으로 코칭과 감독에게 의존되었던 프로그램을 단원 스스로 기획하고 판을 짜는 것이었다. 주어진 미션을 수행하기 위해 스스로 팀을 나누고 선곡을 하고 연습의 과정을 구축했다. 감독과 코칭이 서포트는 하지만 주도적인 리더를 해서는 안된다는 규칙이 생겼다. 일주일에 한 번 모두 모여 한만큼, 준비된 만큼 과정을 노출하는 '다하자'를 하기로 했다.

단원프로그램을 주축으로 진행하던 코칭과 감독진이 뒤로 한걸음 물러서고 단원들이 전면에 배치되었다. 중심을 잡아주던 사람들이 자리를 비우자 그간 눌려있었던 단원들의 욕구가 그 자리를 채웠다. 해야 하는 일보다 하고 싶었던 일, 이런 저런 시도가 이어졌다.
마음은 앞서고 욕심은 나는데 어떻게 해야 하는지, 지금 무엇을 먼저 해야 하는지, 시작과 끝은 어떻게 하는 것인지 순서가 뒤섞이고 의견이 분분해지고 갈피를 잡지 못해 결국 네 것도 내 것도 아닌 시행착오가

이어졌다. 차라리 그냥 시키는 대로 하는 것이 좋겠다는 의견과 뭐가 되든 우리 힘으로 해보자는 의견이 충돌하고 다시 해체되길 반복했다. 그러는 사이 그 모든 책임을 지고 단원들의 시행착오를 지켜보던 무늬는 과정을 찬찬히 바라보며 조용히 다음 스텝을 준비했다.

스스로 무엇을 해보는 것이 막상 생각했던 것처럼 자유롭거나 신나기보다 고민과 생각을 더 깊게 해야 하고 판단과 결정을 내려야 하는 일이라는 것을 조금씩 인식할 때 무늬는 단원들이 가지고 놀 수 있는 꺼리를 준비하여 전하기 시작했다.

다양한 음악을 들려주고, 곡을 만드는 과정을 그려보게 했다. 놀이를 하듯 리듬을 익히고 대화하듯 가사말의 실마리를 잡아갔다. 그리고 그 과정을 재인식할 수 있도록 미션을 주어 서로 확인하고 탐색하게 했다. 그와 더불어 서로의 시각차를 확인하고 장점을 발견하기 위해 매일 한 번씩 스스로가 심사위원이 되어 다양한 오디션을 진행했다. 그 기간 한창 이슈가 되던 슈퍼스타K의 진행방식을 모티브로 삼았다.
15분에서 20분 짧은 시간 동안 주어진 미션을 연습하여 다양한 시각의 심사위원을(물론 몽땅 내부의) 모셔놓고 심사평을 들었다. 사람이 달라지면 보는 시각이 달라졌고 다양한 평가의 방식과 기준을 통해 자신의 매력과 장점을 찾아갔다. 오전에 이런 형태의 워밍업을 한 후 오후에는 혼자 혹은 여럿이 노래를 부르고 만들었다.

제한된 짧은 시간에 미션을 수행하는 과정을 거치면서 다양한 문제해

그러다 알게 된다. 안정적인
것은 없다는 것을, 정답은
해나가 아니라는 것을.
낯선 길을 만나려면 정해진
길에서 한 발 내딛어야
한다는 것을.

▲ 공개오디션 심사 중인 무늬(왼쪽)

결능력, 순발력, 팀웍과 앙상블을 구축하는 방식을 경험하게 되었다. 하루의 시간을 어떻게 사용해야 하는지 당면과제는 무엇인지 조금씩 서로 감 잡는 시간이 되었다.

첫 번째 다하자 날. 서로 무엇을 준비했는지 호기심 가득하게 귀 기울였고 상대팀의 다양한 아이디어에 자극받고 그 안에서 서로 배울 수 있는 부분을 습득하고 공유했다. 결과는 만족스럽지 않았지만 그래도 극단적 무늬프로그램을 왜 시작했는지 이해할 수 있는 시간이 되었다. 다시 해보자는 의욕이 생겨났다. 용기도 생겨났다. 다하자를 지켜 본 후 무늬는 이를 다시 재가공 하거나 숙성시키기 위한 미션과 방식을 제안했고 그렇게 40일간 극단적 무늬 프로그램이 진행되었다.

누 번째부터는 다하자 대신 '닥쇼(닥치고 쇼!)'로 이름을 바꾸어 진행했다. 단원들이 만들어 낸 창작물은 다시 감독진의 노련한 솜씨가 더해져 완성도를 지니게 되었고 그 기간을 거치면서 단원들은 스스로 시도하고 결과를 책임지는 성취와 좌절을 함께 만끽하였다.
마지막 닥쇼는 홍대앞에서 진행되었다. 외부의 관객들을 모셔놓고 우리의 실험과 도전이 그들을 공감시키는지. 이 모험을 통해 우린 무엇을 성취하고자 하는지 평가받았다.

이후 닥쇼는 몽땅의 내부 쇼케이스를 벗어나 지역의 관객을 찾아가고 그간 준비한 콘텐츠를 직접 실현하며 실시간 관객의 피드백을 받는 행사로 확장되었다. 극단적 무늬프로그램이 끝나는 날 몽땅은 그간의 경험을 1시간 분량의 공연으로 만들어 첫 번째 프로모션 공연을 진행할 수 있었다.

모험이나 도전은 그렇게 불쑥 찾아온다. 잘 못 되었다는 것을 느끼면서도 쉽게 방향을 선회하지 못하는 것은 두려움과 불안때문이었다. 애써 지금까지 했던 것조차 잃어버릴까봐, 안정적이고 보다 확실한 정답을 찾다가 헤매게 된다. 그러다 알게 된다. 안정적인 것은 없다는 것을, 정답은 하나가 아니라는 것을. 낯선 길을 만나려면 정해진 길에서 한 발 내딛어야 한다는 것을. 그렇게 걷다보면 그간 해왔던 것이 잘 못 된 것만은 아니라는 것도 알게 된다. 다른 자리, 다른 위치, 다른 관점으로 볼 때 안보이던 것들이 새롭게 보이듯이, 경험이란 그것이 무엇이더라도 쌓이는 순간에는 알아차리기 힘들다는 것, 다른 경험을 할 때 자신에게 무엇이 그대로 있는지 그 때 아! 하고 알게 된다는 것도 말이다. 그래서 그렇게 "도전해 보라고"많은 사람들이 이야기 했나 보다.

아참! 극단적 무늬 프로그램이 진행된 후 무늬가 폭삭 늙었다는 이야기는 후일담이다.

청년들이여 도전하라?
; 숨과 가나이야기

"저는 바다가 아름다운 경상도 통영에서 온 숨이라고 합니다. 언제가 지역으로 돌아가 청년 예술 공동체를 만들고 싶은 꿈이 있어요."

그랬다. 숨은 언젠가 자신의 고향에서 자신과 같은 희망을 지닌 청년들과 모여 음악을 논하고 예술로 지역을 풍요롭게 만들며 고향을 떠나지 않더라도 일과 생활이 통합된 삶을 보여줄 수 있는 미래를 꿈꾸며 가족의 품을 떠나 경기도 부천으로 이주했다.
가나는 숨보다 더 멀리 떨어진 몽골에서, 언젠가 고향을 떠나지 않고도 자신이 원하는 일을 직업으로, 꿈꾸는 일을 현실로 만나겠다는 희망을 안고 역시 경기도 부천에 자리를 잡았다.

숨은 한국의 이십대고 가나는 몽골의 이십대다.

숨은 몽땅의 오디션을 보기 전 인디밴드로 경험을 쌓을까 생각하다 태국에서 밴드활동을 했고 가나는 모 케이블 TV가 시작하여 대국민 오디션으로 불리는 프로그램에 참가했었다.

음악을 하고 싶은 바람은 숨과 가나에게 똑같이 있었지만 그 일로 자신이 먹고 살 수 있는지, 시작은 어떻게 해야 하는지, 누구를 만나서 함께 해야 하는지를 알 수는 없었다. 재능이 있다고 한번 해보라고 권유하는 사람들도 있었지만 그들 역시 무엇을 어떻게 하면 된다는 것보다 누군가는 이렇게 했다더라, 여기에 나가보면 이렇게 된다더라는 '카더라 통신' 만 전해줄 뿐이었다.

얼마 되지 않는 정보 속에서 숨과 가나는 각자 자신이 할 수 있는 것을 선택했고 해보았고 결과는 의도와 달랐다. 스타가 되도 좋겠다는 생각은 있었겠지만 꼭 스타나 연예인을 꿈꾸었던 것은 아니었고 어떤 기획사에 소속되어 결과를 알 수 없는 연습생 생활을 하는 것이 자신이 원하는 일을 할 수 있는 방법의 전부는 아니었다. 그리고 기획사 소속은 뭐 아무나 될 수 있는 것인가!

우여곡절 끝에 몽땅의 신입단원 공고를 보게 되었고 서류심사, 오디션, 상호면접의 과정을 거쳐 입사가 확정되었다. 이후 3개월 정도의 수습기간을 마쳤고 단원으로 합류하게 되었다.

수습기간 동안 예술강사 교육, 보컬, 연기, 음악이론, 배우훈련, 신체훈련 등을 거치면서 아 뭔가 드디어 원하는 일에 한 발 다가선 것 같았는데 단원 활동이 본격적으로 시작되면서 이건 달라도 너무 달라! 를 외치는 일이 속속 발생했다.

"기준을 정확히 잡아주세요."

▲ 세 번째 공개오디션을 통해 몽땅에 합류한 숨

매주 한 번씩 음악감독의 미션을 바탕으로 각자 구상해 온 노래를 발표하는 시간이었다. 꽤나 고심하여 준비하고 노력했는데 미션의 이해를 잘 못했다며 감독이 가감 없이 숨의 노래에 코멘트를 달았다. 가슴이 벌렁거렸다. 도대체 노래나 음악을 평가할 수 있는 기준이란 것이 무엇인가. 차라리 하나부터 열까지 이렇게 하라고 정확히 요구를 해주던가!

"왜 내가 무대에서 솔로를 맡지 못하는지 모르겠어요. 나도 노래 잘 하고 할 수 있는데."
파트별 짧게 개인의 솔로가 들어가는 곡에서 자신에게 주어진 파트가 없자 가나가 답답해했다. 앙상블과 조화가 이유라는데 자신이 무대 위에서 주목받기 위해 했던 행위가 왜 앙상블을 깨뜨리는 요소가 된다는 것인지 알 수 없었다. 도대체 내가 주인공이 안 되는 이유가 무엇인가!

노래연습을 하고 있으면 다음날 교육사업이 걱정이 되었다. 교육사업을 준비하면 미루고 있던 개인연습 생각이 나고, 개인연습을 하다보면 자신만 빼고 팀원들은 알아서 무언가를 착착 진행하고 있는 듯 보였다. 누군가 알아줘서 일하는 것은 아니지만 그래도 좀 인정도 받고 좋은 평가도 받고, 해야 하는 일보다 하고 싶은 일을 먼저 그렇게 할 줄 알았는데 이건 뭐 직장이란 이런 것인지. 스스로 알아서 하면 된다는 일은 차라리 누가 정확하게 무엇을 하라고 요구했으면 좋겠고 논의하여 해야 한다는 일은 내가 알아서 결정도 하고 선택도 하고 싶은 일이었다. 자유롭고 유연성 있는 일이 좋은 줄 알았는데 차라리 누가 시키는 일이라면 더 잘 할 수 있을 것 같았다.

이십대에 자신의 꿈을 펼치라고
넌 행복하냐고
원하는 것에 도전하라고
사람들과 어울려 살라고

그렇게 이야기 하는 것을 듣고 희망했다.
하지만 자신의 꿈을 찾기 위해 무엇을 해야 하는지, 그 시작에서 만나는 것은 어떤 것인지, 실패를 겪었을 때 어떻게 다시 일어나게 되는지, 행복이란 것은 언제 느끼는 것인지.
시작과 과정을 알기 보다는 이미 그렇게 된 다음, 결론에 도달하면 성취하게 되는 것만 그려보며 살았다. 일을 해보니 시작과 과정이 난생처음 만나는 괴물처럼 다가왔다.

그동안 사회는, 실패해도 된다고, 시행착오를 거치라고 맨 땅에 헤딩할 때도 있다고 그 때 내가 네 옆에, 혹은 뒤에 있다고 말해주지는 않았다. 대신 실패하면 겪게 되는 비난과 잘 못하면 받게 되는 질책을 알려주었다. 그래서 경쟁의 사다리 앞에 서라고, 남들보다 앞서가라고 요구했다. 신문과 미디어, 수많은 강연과 책에서는 끊임없는 자기개발, 20대가 갖추어야 하는 것, 지금 해놓아야 하는 과제를 하루가 멀다 하고 쏟아내고 그 길에서 추락하거나 도피하면 패배자로 취급하며 겁 주었다. 다른 길을 선택한 사람들에게는 항상 '특별한 도전', '특별한 선택'이라며 나와 같지 않다는 특별함을 전제로 달아 동참 아닌 관전을 하게 하였다.

협업이라는 것이 무엇인지, 앙상블이 무엇인지, 더불어 함께 살아간다는 것이 무엇인지 경험한 적이 별로 없었다. 심지어 내가 스스로 선택하고 결정하고 책임지는 일이라니.

숨은 퇴근하면 부천에 마련한 작은 원룸으로 돌아간다.
아름다운 통영의 바다도 인사를 드리면 손을 들어 화답하던 동네 할머니도 안 계신다. 문을 나서면 무엇을 하든 자본의 투자가 필요하다.
가나는 휴일이면 누군가의 연락을 기다리게 된다. 자칫하다가는 쉬는 날 하루 종일 한마디도 못하고 지날 때가 있다. 그래서 숨도 가나도 회사에서 만나는 동료들에게 더 많은 것을 표현하고 때로는 받기 원한다. 집중할 대상도 만나는 대상도 일하거나 일상을 나눌 대상도 현재 나와 함께 일하는 동료들인 경우가 많다. 그러다 보니 작은 것 하나에도 더 신경이 쓰이고 주변의 말 한마디에 천국과 지옥을 왔다 갔다 하기도 하고 생각을 하다 스스로 고민을 만들어 버리기도 한다. 자신의 의견을 내세우는 것과 고집을 부리는 것과 아집이 되어 알게 모르게 고립되어 버리는 경계가 오락가락 왔다 갔다 한다.
구구절절 말하지 않아도 요즘의 20대는 참 외롭다. 그들의 앞에 서 있는 30대도 그렇다. 열심히 최선을 다해 노력한다고 그에 합당하는 미래가 반드시 오는 것은 아님을 알게 됐다. 매년 경제상황은 안 좋아지고 청년들이 갈 곳은 점점 줄어드는 중이다. 최근 신문 보도에 따르면 2011년 경제성장률 3.6%, 2012년은 2.4%를 예상하고 대부분의 전문가들이 앞으로 연간 경제성장률이 3~4%가 되기도 어려울 것이라는 전망을 내놓았다 한다.

이런 상황에 어떻게 실패를 해보거나 다시 도전할 수 있는 '멘탈'을 지니란 말인가. 칠전팔기의 신화는 없다. 한번만 쓰러져도 기다려 주지 않으니까. 그래서 더 초조하다. 원하는 관계든, 내게 주어진 일이든 한 번에 제대로 무언가 보여줘야 할 것 같다. 그렇지 않으면 낙오되거나 떨어져 나가거나 더 끔찍하게는 어디에도 필요 없는 사람이 될 것 같기 때문이다. 한 번에 보여주는 것도 쉽지 않다. 그래서 자꾸 누군가의 등 뒤로, 어깨 뒤로 숨고 싶다.

불확실성과 무기력이 계속 불안함으로 다가온다.

하지만 한편으로는 그래서 더욱 내가 필요한 사람이라고 인정받고 싶다.

"숨, 조금 더 천천히 여유를 지녀도 될 것 같아. 그럴 때 빛이 나."

"가나, 눈빛과 어깨에서 힘이 빠지니 무대에서 훨씬 잘 보이던데."

힘을 주고 잘 하려고 할 때보다 호흡을 조금 내려놓고 긴장을 덜하니 오히려 좋아졌단다. 한 번에 여러 가지 하려고 욕심을 부리다가 하나라도 제대로 해보자고 몰입했더니 미션의 이해도가 좋아졌다고 한다.

힘을 빼고 꽉 쥔 주먹을 풀고 나니 빈 손인 줄 알았는데 또 다른 것을 잡을 수 있는 기회가 생겨났다. 신기하게 그럴 때 주변에 사람들이 다가왔다.

숨도 가나도 여전히 내일에 대해 불안해하고 지금 하고 있는 일과 선택한 곳에 대해 확신을 하진 못한다. 이렇게 계속 생활해도 되겠다 싶다가도 여기 말고 다른 곳, 다른 일이 나에게 더 어울리거나 유리할 수도

힘을 빼고 꼭 쥔 주먹을 풀고
나니 빈손인 줄 알았는데 또 다른
것을 잡을 수 있는 기회가
생겨났다. 신기하게 그럴 때
주변에 사람들이 다가왔다.

▲ 한국에서 이주노동자로 일하면서 가수로서의 꿈을 키운 가나

있다는 생각이 든다. 하루에도 몇 번씩 그런 생각이 왔다 갔다 한다.
그런데 그럴 때면 주위에서 하는 이야기가 있다.

그러는 시간이 20대라고. 20대에 벌써 인생에 대해 확신하고 자신에 대
해 다 알아버리면 남은 긴 인생의 시간에서 무엇이 더 변화되겠냐고. 좌
충우돌, 변화무쌍 그렇게 롤러코스터 타듯이 오르락내리락 움직이라고.
불안은 그냥 그렇게 어느 시대나 누구에게나 원래 있었던 것이라고.
"청년들이 도전할 수 있는 사회가 되면 좋겠다"고 숨은 이야기 한다.
실패하고 쓰러져도 다시 일어나면 된다고, 기다려 준다고 그렇게 말하
는 어른이 있었으면 좋겠다고 한다. 꼭 성공이 아니어도 된다고 도전
그 자체를 경험해도 된다고.

자신과 같은 꿈을 꾸는 몽골의 청년들에게 가나는 "롤모델이 되었으면
좋겠다"고 한다. 언제가 또 다른 가나에게 너도 한 번 해보라고 기회를
줄 수 있게 되길 바란단다.

그리고 숨도 가나도 자신의 고향이나 집을 떠나지 않아도 지금 하고 있
는 일을 할 수 있게 되길 희망한다. 도시를 찾아오고 다른 나라를 찾아
와야 만나는 기회가 아니라 어느 누구에게나 이런 기회가 찾아오게 되
는 사회를 꿈꾼다.

숨과 가나는 짐작하고 있다.
더 깊게 숨 쉬고 조금 더 멀리 보면서 지금 나의 경험을 소화할 수 있도

록 쉽게 포기하거나 절망하지 않고 담담하게 한번 해보는 것. 조급함에 지지 않는 것. 그렇게 하루하루를 잘 살아나가는 경험을 해야 한다고. 그러기 위해서는 지금 '버티기'를 해야 한다고.

움직이는 시소에서 균형 잡기
; 라임과 남남이야기

"저기 내일 아이 발표회가 있어요. 오후 공연장에 참석이 어렵겠는데요."
"그 쪽 실장이랑 미팅을 하기로 했는데....... 그러면 누가 가요?"
남남의 어깨가 살짝 내려간다.
"학부모가 참석해야 한다는데 좀 일찍 퇴근해야겠어요."
"네?......어쩔 수 없죠. 다녀오세요."
라임의 시선이 살짝 떨어진다.

"어, 엄마야. 오늘 촬영이 늦어져. 밥 먹고 먼저 자고, 내일 학교 갈 준
비는 다했어?"
"여보, 나 오늘 늦을 것 같아. 당신이 좀 일찍 들어와서 아이 저녁 챙기
면 안 돼?"
"아 미안해요. 오늘 늦게 들어갈 것 같아요. 아직 회사예요. 일이 늦어
졌어요."

예정보다 현장 진행이 늦어졌다. 추가 촬영이 필요하다는 기획사 측 이

야기에 가정이 있는 단원들과 아직 솔로인 단원들의 대응이 확연히 달라진다.

집에 들어가는 시간이 조금 늦어진 것일 뿐 별 다른 변화가 없는 솔로 집단은 기획사의 이야기에 그냥 고개 끄덕이고 바로 저녁은 무엇을 먹을지 이야기한다. 엄마이거나 아빠이거나 결혼을 하고 아이가 있는 단원들은 바로 전화기를 집어 든다. 그림판의 조각을 맞추듯 퇴근 이후 본인이 감당해야 했던 일을 대신 해주거나 아이 스스로 해결하게 하기 위해서 여기저기 전화를 돌린다.
일을 하다보면 늦어지기도 하고 때로는 휴일로 예정했던 요일에 출근을 해야 하기도 한다.

문화예술을 토대로 일을 하는 사람은 더 그렇다.

정해진 일터에서 주어진 업무시간에만 일을 하는 것이 아니라 전국과 때로는 해외까지 종횡무진 일하는 장소가 달라진다. 회사의 근무시간에만 일이 발생하는 것이 아니라 일을 제안한 곳의 상황에 따라 꼭두새벽인 이른 아침에 혹은 잠자리에 다 들어야 하는 밤에도 일을 하게 될 수 있다. 마감을 지키기 위해 밤샘을 해야 하는 때도 적지 않다. 규칙적인 일의 패턴이 만들어지는 것이 아니라 불규칙적이고 변화 가능한 유연함으로 일을 대해야 한다.

그러나 집에서의 역할은 그렇게 가변적이거나 불규칙하게 이루어질 수

▲ 첫 번째 프로모션 공연을 마친 라임. 현재 몽땅의 프로젝트 매니저로 일하고 있다.

없다.

일과 가정을 병행하는 모든 사람들, 더욱 일 자체가 불규칙성을 띠고 있는 업종의 종사자라면 아마 수도 없이 해보았을 고민이다. 가정과 일터에서 중심잡기를 어떻게 해야 하는지. 이럴 때면 국적이나 문화의 다양성은 다 없어지고 오직 지구상에는 결혼하고 직장을 다니는 사람과 결혼을 하지 않고 직장을 다니는 사람으로만 나누어진다. 특히 한국에서는 더욱 말이다.

"아이가 수술을 해야 한대요. 수술하고 입원하고 옆에서 간병을 해야 하는데……."
"아이가 놀다가 다쳤나 봐요. 어떡하죠, 바로 가봐야겠어요."
"아내와 미리 약속한 집안행사가 있어요. 오늘 함께 하기 어렵겠어요."
크고 작은 일에 집을 돌봐야 하고 책임져야 하는 상황이 돌발적으로 벌어진다. 주변의 동료들이 이해하고 알았다고 해도 이런 말을 해야 할 때, 이런 순간에는 집에도 직장에도 무언가 피해를 주는 듯해서 괜히 미안해진다. 누가 뭐라고 하지 않았어도 그냥 그런 마음이 든다. 한 번 두 번 이런 일이 쌓이면 그 때는 내가 누구를 위해 혹은 왜 이 직장을 다니는지 혹은 가정에서는 왜 나를 이해해주지 않는지 답답해지기도 한다. 시댁과 친정 혹은 처가와 본가로 역할이 확장될 때면 파급력은 더 강력해진다.

함께 여름휴가라도 보내기로 작정했는데 혼자만 빠져야 하다든가.
모든 집안 식구가 다 모이는 행사에 하필 출장이 잡혔다던가.

121

아이에게 수도 없이 약속했던 나들이를 미뤄야 한다던가.

집안의 대소사에 참석 할 수 없다던가.

.......그럴 때면 직장이냐 가정이냐 난데없는 대결구도가 형성되기도 한다.

솔로집단 역시 편하기만 한 것은 아니다. 간신히 모두 다 모이는 일정을 잡았는데 아이를 돌보러 가야한다던가, 밤늦게 끝나는 일은 가급적 결혼을 안 한 미혼자가 맡아야 한다던가, 명절이나 공휴일에 공연이라도 섭외가 오면 그 때는 아예 결혼 안 한 사람, 집에 양해를 구할 수 있는 사람으로 구성해야 하고 지방이나 해외출장도 가급적 솔로집단으로 이루어져야 일정을 소화하기 쉽다. 늦은 저녁시간 일정이라도 잡히면 일을 끝내고 마무리하는 것은 역시 집에 좀 늦게 들어가도 되는 솔로들이다.

그런데 이런 상황을 회사에서 모두 해결할 수 있을까?

혹시 회사의 규모가 더 크고 인원이 많다면 해결할 수 있을까?

지원이 풍부하다면 개인이 해결해야 하는 부담이 훨씬 줄어들겠지만 그런 곳 보다는 그렇지 않은 곳이 더 많고 문화예술을 토대로 일을 하는 업종은 업무의 특징상 어쩔 수 없이 직장과 가정이 충돌하게 되는 구조가 발생할 빈도가 높다. 직장 내 보육시설을 갖춘다는 것도 회사가 크면 큰대로 작으면 작은 대로 다 그만한 사정이 있으니 사회문제로까지 확산되는 것이겠지 싶다.

아이가 아프다고, 집안 일이 있다고 고개 숙이지 말자.
이 땅에서 일하는 **모든** 어머니, 아버지들은 **당당히** 직장을 다닐 **권리**가 있다. 누군가의 부인과 남편도 당당히 직장을 다닐 권리가 있다.
회사의 역할 이전에 **우리도** 누군가의 **어머니, 아버지**로부터 자라났으니 이제 나의 동료가 가정과 일터의 시소타기를 멈추고 **중심잡기** 하는 것에 도움이 될 수 있는 **지혜**를 모으는 것이 **더 재미**나는 **고민**이 아닐까 한다.

▲ 단원들 몰래 기타연주를 하고 있는 남남

일의 효율이나 능률로만 살핀다면 가정과 직장을 병행하는 워킹맘은 말 그대로 수퍼우먼이 되어야 할 판이다. 하지만 일의 효율이나 능률은 그렇게 도식적인 표기 말고도 수많은 조건과 상황이 만나 합창하는 생태계의 모습과 더 닮아있다.

결혼한 사람, 안한 사람, 못한 사람, 했다가 다시 돌아온 사람, 하려는 사람 모두 그냥 그렇게 서로에게 어떤 부분은 피해를 주기도 하고 어떤 부분은 돌봄을 주기도 한다. 돌봄은 서로 쌍방이 오고가는 행위이지 절대로 일방적인 행위는 아니라는 생각이다. 지금 미혼인 사람들도 언제가 자신도 겪고 경험해야 하는 것일 수 있으니 오히려 지금 비혼 미혼 기혼자들이 한데 모여 일하는 방식을 찾아보고 노력하는 것이 장차 자신에게도 도움될 수 있을 것이다. 어차피 겪어야 하고 만나야 하는 상황이라면 서로 마음이라도 편하게 방법을 찾아보는게 좋지 않을까. 한 두 명의 노력으로 될 일이 아니라면 그만큼의 불편함은 감수하자, 서로 작정하는 것이 낫지 않을까.

몽땅은 그런 면에서 아직까지는 지혜롭게 조화를 만들어 온 것 같다. 공교롭게 기혼자와 미혼자의 비율도 50:50 이다. 예상하여 조합된 인원이 아니라 후에 확인하니 그렇게 모인 것이다. 그러나 무엇보다 가장 큰 힘을 얻는 것은 많은 부분 우리를 이해하고 지지해 주는 가족들 덕분이다.

아이가 아프다고, 집안 일이 있다고 고개 숙이지 말자.
이 땅에서 일하는 모든 어머니, 아버지들은 당당히 직장을 다닐 권리가 있다. 누군가의 부인과 남편도 당당히 직장을 다닐 권리가 있다.

회사의 역할 이전에 우리도 누군가의 어머니, 아버지로부터 자라났으니 이제 나의 동료가 가정과 일터의 시소타기를 멈추고 중심잡기 하는 것에 도움이 될 수 있는 지혜를 모으는 것이 더 재미나는 고민이 아닐까 한다.

좋은 일은 무료로?

"취지가 좋은 행사인데 예산이 없어요. 이번만 그냥 와주시면 안될까요?"

"다문화인들이 모였다고 해서 도와주려고 했는데.......그냥 오시는 거 아닌가요?"

"뜻과 의미가 좋은 일인데 예산이 필요하다고요?"

그렇다. 뜻과 의미가 좋아도, 명분이 좋아도, 취지가 좋아도, 돈은 필요하다. 공공성을 바탕으로 일을 한다는 것이 자본과 등을 지고 살겠다는 이야기는 아니다. 누가 부인할 수 있다는 말인가? 2012년을 살아가는 모든 사람에게 돈은 그 자체가 권력이고 힘이라는 것을.

"무료로 오세요. 대신 비싼 식사를 대접할게요."

거절을 하긴 했지만 들어온 사업제안 중에 가장 황당한 제안은 위의 내용이었다. 행사비를 전액 무료로 해주면 대신 호텔의 디너를 제공하겠다는 이야기였다. 행사기획을 확인하니 사회서비스를 제공하는 것도 아니었다. 다른 초청팀도 있었는데 그들에게는 보수를 제공하고 우리에게는 밥을 제공하겠다는 제안이었다. "오히려 고맙지 않냐"며 경험한 적 없으셨을 텐데 '호텔디너'를 제공하니 "다른 분들 불편하지 않게 옷차림을 신경써 달라"는 이야기까지 정말 너무 당당하게 요구하는 터에 순간 우리가 호텔 밥에 눈이 멀어 밥 달라고 구걸했었나 의심이 들 지경이었다.

자주는 아니지만 평균 한 달에 한 번은 이런 형태의 제안을 만난다. 다행히 요즘에는 점점 줄어들고 있지만 "도와주려고 하는데 어디서 건방지게 예산을 요구해!"라는 이야기도 들었다. 뭘 도와준다는 것인가, 오히려 우리에게 도움을 요청한 행사였다.

사회서비스를 할 수 있고 행사의 취지와 목적이 제대로 잘 살아있는 판은 서로 합의하고 함께 할 수 있는 방법을 찾아가는 시간도 보람되지만 때론 무례함을 무기로 들이대는 제안을 만나기도 한다. 뭐 어디에나 가끔 상식을 초월하는 사람이 있을 수 있다. 그런데 그들이 주장하는 논리 중 하나는,
"뜻이 좋은 일에 왜 돈 이야기를 하느냐"라는 것이다. 그럼 '뜻이 나쁜 일에 돈 이야기를 하는 것'인가? 정당한 노동에 보수를 바라는 것은 당연한 일인데 좋은 일에는 노동이나 상품만 제공하고 보수를 바라면 안 된다는 논리는 과연 무엇인지 모르겠다.

가장 풀기 어렵고 힘든 상황은 정말 뜻과 취지가 훌륭한, 그래서 함께 힘이 되고 싶은 행사에 예산이 거의 없는 경우다. 왜 좋은 가치와 생각

에는 자본의 투자가 쉽지 않은 것일까.

아무리 좋은 가치와 명분을 지녔다 하더라도 그것이 품질 좋은 상품으로, 다시 찾게 되는 그 무엇으로 나와지지 않으면 소비되기 어렵다. 한 두 번 온정적인 시선이나 그 뜻에 동참하는 의지로 구매할 수 있을지는 몰라도 그 자체를 매력적인 상품으로 소비하게 되긴 어렵기 때문이다. 그러다 보니 악순환이 벌어진다. 자본의 투자가 되지 않고 시간의 투자도 되지 않으니 열악한 환경이 조성되고 그러다 보니 아무리 좋은 취지의 내용을 지녔다 해도 결과물이 잘 나와지지 않는다. 그런 결과를 지니고 수정이나 보완도 없이 또 다른 실망의 모델을 만든다.
이건 닭이 먼저냐 달걀이 먼저냐의 질문과도 같은데 한편으로는 좋은 취지가 담겨있으니 질이 좀 떨어져도, 문제가 좀 있어도 서로 이해하고 넘어가자는 안이함이 있기도 하다. 좋은 뜻에 동참했으면 됐지 무슨 질까지 따지냐는 때론 위험하고 무례한 발상이 숨어있는 경우도 있다.

이것은 몽땅이 만나는 과제이고 앞으로 해결해야 하는 고민이기도 하다. 남의 이야기 쓰듯 했지만 실제 우리의 모습이기도 하다.

뜻과 의미가 좋고 사회의 고민에 동참하여 작은 부분이라도 문제를 풀어가는 일. 그것을 좋은 품질의 상품으로 만들어내는 일. 구매하는 사람에게 높은 만족도를 주고 좋은 가치까지 전할 수 있는 일. 한 번 구매한 고객이 점차 상품이 아닌 그 기업으로 관심이 확장되고 생산자와 소비자가 서로의 비전을 공유할 수 있는 일.

▲ 몽땅의 첫 번째 프로모션 공연 모습. 노래 퍼포먼스 팀으로서 또 사회적기업으로서 첫 번째 도전

우리는 돈을 잘 벌기를 바란다. 현재의 상황으로는 아무리 소비의 형태를 줄이고 규모의 경제를 실천해도 각자 집안에 혹은 개인에게 크고 작은 변화가 생길 때 지금 수준의 보수로는 오랜 시간 자신이 원하는 일을 하기 어렵다는 것을 알고 있기 때문이다.

도시에서 생활하는 노동자가 전환할 수 있는 생활의 패턴이란 그 선택지가 많지 않고 가변성이 높은 시장에서 살아남기 위한 노력은 우리 뿐 아니라 다른 모두도 하고 있기에 흔히 말하는 돈 벌기 어려운 조건을 포진시켜 놓고 "돈을 잘 벌자!"는 생각이 순진하게 여겨질 때도 있다. 언젠가 포럼에 참여했다가 들은 일갈이다.

".......공익성, 공공성, 사회적으로 좋은 일을 한다고 해서 여러분들도 좋은 사람일 것이란 환상에서 벗어나시길 바랍니다. 여러분이 하는 일의 취지가 좋다고 해서 그 일을 해나가는 과정도 더 무마되거나 이해될 것이라는 착각에서 벗어나세요. 그 일이 좋은 일이지, 그 사람이 좋은 사람이 아닐 수도 있고 취지가 좋은 일이 오히려 과도한 노동력이나 무리한 요구를 정당화하기도 합니다. 최소한의 경제성을 지닌 일을 하세요. 좋은 일이니 당연히 도와달라는 발상은 민폐입니다."

전문경영자도 회계나 재무에 좋은 능력을 지닌 사람도 적고 그에 따른 경험도 많지 않지만 좋은 제품을 만들어 보려는 노력과 그에 따른 실험과 도전을 하고 있으니, 또 이제 우린 그 시작을 하는 곳이니 좋은 일로 자본의 순환 구조를 만들어 보려는 노력을 지속하고 싶다.

뜻과 명분이 좋은 일, 가치와 의미가 있는 일에 자본의 투자와 흐름도 따라간다는 것을 이야기할 수 있는 회사이고 싶다. 이미 그렇게 하고 있는 기업과 상품이 다수 있고 그에 따라 사회적 경제를 연구하거나 만들어 가는 사람들이 많으니 몽땅의 과제를 우리만의 과제로 여겨 마치 새로운 사실을 혼자 발견한 것 같은 우를 범하지 않아야겠다.

몽땅은 '다문화 문화예술 사회적기업 육성 지원사업'의 공모에 선정되면서 시작된 곳이다. 지원을 통해 판을 벌인 곳이니 어떤 조직문화, 모델, 상품을 개발하고 지속가능한 경영의 모델을 만들어 낼 것인가에 따라 "좋은 취지로 만들어 졌으니 당연히 도와 달라" 혹은 "좋은 취지로 만들어졌고 지속할 수 있는 경쟁력도 지녔다"가 될지는 몽땅을 구성하는 우리 각자의 책임이겠다. 몽땅을 지원하거나, 몽땅에 투자하고 싶은 경쟁력과 상품을 만들어 내는 것이 현재 우리의 당면과제다.
그리고 우리의 생각이 세상물정 모르는 순진한 생각으로만 그치지 않도록 "좋은 일은 무료!"라는 발상도 함께 전환되었으면 좋겠다.

프로와 아마추어
; 도도와 반다이야기

"내가 그만두는 것이 좋지 않을까?"

도도가 무거운 분위기를 깨고 가볍게 툭 이야기를 던졌다. 무슨 이야기를 먼저 해야 하는지 알 수 없어서 텅 빈 찻잔만 들었다 놓았다 하던 손이 허공에서 멈칫한다.

"지휘자가 할 게 없잖아. 그렇다고 다들 이렇게 바쁘게 움직이는데 나때문에 뭘 해야 하나 고민하는 것도 그렇고. 난 괜찮아. 사실 쉽지도 않았고."

어렵게 인연을 만들어 모셔온 분이었다. 새로운 판을 만들어보자, 이런 일에 동참할 수 있는 분이 누가 있을지 수소문하고 소개를 받고 인터뷰를 해보았지만 쉽게 함께 하자는 사람을 찾기 어려웠다. 그도 그럴 것이 훈련이나 교육을 받은 적이 없는, 나이도 많은, 다양한 나라의 사람들이 모여 노래를 콘텐츠로 사회적기업까지 만들어 보자는 이야기가 허무맹랑해 보일 수 있었다.

"아유 뜻은 좋은데 그게 가능하겠어요. 노래는 타고 나야 하는데 나이
도 성인대상으로 한다면서요. 아이들도 아니고."
"누구 고생시키려고요. 거 괜히 모셔간 분만 생고생이지."
"좋은 학교 나와도 취업 못한 사람이 수두룩해요. 차라리 그런 학생들
을 대상으로 하면 몰라도."

그러다가 만났다.
좋은 학교를 나와 프랑스 유학을 하고 개인 음반 활동도 하고 있는 분
인데 심지어 다양한 계층, 다양한 세대가 모인 시민합창단의 지휘경력
까지 있으시단다. 현장경험만 20년이 넘는 분.

그렇게 합류한 분이었는데 반년이 흐른 다음 이런 이야기를 나누고 있
게 될 줄이야.

일이라는 것이 늘 예상대로 되는 것은 아니다. 초기 합창단을 염두에
두었던 마스터플랜을 변경하게 된 것이었다. 노래를 부르는 팀. 그런데
막상 인원을 선발하고 실질적인 활동에 들어서자 합창단을 고집할 필
요가 없다는 것이 보였다. 오히려 합창을 하는 것이 현재 모인 구성원
들에게는 유리한 조건이 아니었다. 과감히 마스터플랜을 변경하였다.
그러는 과정에서 지휘자로 모셔온 분의 역할이 사라지게 된 것이었다.
과정의 논의를 함께 했으나 결과적으로는 개인에게 피해가 가는 무례

어느 분야에서든 프로라 불리는 사람들이 있다.
그리고 프로와 아마추어에 대한 수많은
해석과 구분도 있다.
누군가는 아마추어의 열정과 프로의
전문성으로 일하라고도 한다.
몽땅의 구성원이 도도의 연배가 되었을 때 딱
도도만큼 타인을 바라보고 이해하고 자신의
노래로 누군가에게 위로와 힘을 줄 수 있다면
좋겠다. 그리고 도도처럼 자신을 내세우지 않고
주위를 돌아보는 마음을 지녔으면 좋겠다.
그러면 아마 우린 도도에게 프로의 정신을 정말
제대로 잘 배운 사람들이 아닐까 싶다.

▲ 단원 연습을 진행 중인 도도의 모습(가운데)

한 상황이 벌어졌다. 결정적으로는 배움의 단계를 해체하고 붕괴시켰다가 어느 순간 다시 결과물로 만들어야 하는 작업의 과정과 흐름에서 이견이 생기기 시작한 것이었다. 서로 말을 아끼고 이해하려 노력했지만 그 사이 벌어진 간극을 모른척할 수는 없었다. 돌파구가 필요했다. 허심탄회 속내를 털어놓고 다시 한 번 출발선에 서야 했다.

이는 비단 도도에게만 발생한 일이 아니었다. 감독진으로 참여한 사람들은 적게는 5년에서 길게는 20년까지의 경험치가 있었는데 그들의 경험이 새롭게 일을 시작하는 사람들과 만나자 각자의 방식과 견해가 충돌하게 되었다.

프로라는 이름으로 활동하던 사람들에게는 개인의 방식과 철학이 있다. 그 생각은 때로 서로에게 다가가기 힘든 차별성을 만들어낸다. 주어진 조건과 환경을 사용하는 방식도 다르고 자신의 신념을 고집하며 역으로 주변 환경을 차단하게도 된다. 그러는 것이 잘못된 것도 아니다. 익숙한 작업환경을 떠나 새로운 판에 놓일 때 자신이 가장 잘 할 수 있고 가능한 것으로 주변을 바꾸는 것도 능력이고 노하우다. 문제는 주변에서 그 방식을 이해하지 못하거나 따라갈 수 없을 때 벌어진다. 그 간극이 우리에게는 포함되어 있었다. 프로와 아마추어의 경계가 사라진 것이다.

전문가들이 새로운 판을 만난다는 것은 걷고 있던 길을 이탈하겠다는 것이다.
내가 배우고 익힌 방식을 통해 경험을 했고 그 경험을 통해 다른 상상을 했는데 배우고 익힌 모든 방식을 내려놓게 될 때 갑자기 무엇을 해야 할지, 어떻게 해야 할지 심지어 내가 왜 이렇게 해야 하는지 적지 않은 혼란이 찾아온다.

스스로 무리 없이 수용했고 따라갔던 방법을 누군가 부정하고 오해할 때, 그로 인해 내가 지닌 경력과 능력에 대한 의심으로 다가올 때, 그 의심을 없애기 위해 무언가 빨리 증명하고 결과를 만들어야 한다는 다급함에 사로잡히기도 한다. 무엇을 잘하는 것인지, 얼마나 잘하고 있는 것인지조차 평가받기 어렵고 잘 하는 것은 당연한 일이고 못하는 것은 이상하다는 시선을 만나면 갑자기 '이상한 나라의 앨리스'라도 된 듯이 곳과 나는 어울리지 않는다는 생각까지 간다.

그리고 낯선 길에 혼자 서있는 자신을 만난다. 익숙했던 동료도 선배도 후배도 없다.

도도가 겪었을 과정은 도도만의 이야기가 아니었다. 프로와 아마추어의 경계가 사라진다는 것은 당연히 알아야 하는 것을 모르고, 기본이라고 생각했던 것조차 특별하게 받아들이는 대상을 향해 그 자신은 이미 몸에 체화되어 그것을 어떻게 시작했는지조차 기억이 가물가물한 시간을 되살리고 꺼내서 설명해야 하는 순간을 수십 번 경험해야 한다는 이야기다. 더욱 전문적인 영역에서는 하지 않았던 온갖 다채롭고 다양한 일까지 무리 없이 해내야 하기도 한다. 대접을 받거나 그에 따른 권위를 내세울 수도 없다.

"도도, 그 때 왜 그만두신다고 했어요? 가슴이 철렁했잖아요."

"에이 괜히 나 때문에 걱정하고 고민할까봐 그랬지. 어려운 말, 꺼내기 힘든 말. 먼저 해주려고."

도도는 지금도 몽땅에서 단원들과 함께 작업 중이다. 심지어 반다라는 좋은 작업가도 도도와 무늬의 초대로 몽땅에 합류했다.

자신이 지닌 방식과 과정만을 정답이라고 외칠 때 그가 아무리 좋은 능력을 지녔다 해도 그를 프로라고 부를 수는 없는 것 같다. 하나 뿐인 정답이 아닌 수많은 다른 답 중에 하나라고 생각할 때 그 사람은 새로운 길을 호기심 있게 만나며 그 길에서 발견된 수많은 다른 답을 자신의 경험으로 쌓아간다. 그렇게 다양한 답을 지닌 사람은 어느 누구를 만나든 어떤 상황에 놓이든 적정한 능력을 발휘한다. 그런 사람과 만날 때 주변은 그로 인해 쉽고 편하고 즐거운 경험을 하며 그렇게 만들어 진 결과물은 누구 한명의 능력이나 성과로 인정되지 않고 참여한 모든 사람들이 "내가 해냈어"라고 느낄 수 있는 자부심으로 기억된다.

도도는 그렇게 몽땅과 같이 걷고 있다. 단원들을 만나 오히려 자신이 많은 것을 배우고 변했다며 언제나 주변을 먼저 격려하고 공을 돌린다. 올 해 합류한 반다도 어쩌면 도도가 겪었던, 무늬가 겪었던 그 순간들을 보내고 있을지 모른다.

"아.......도도는 그 순간에도 우리가 걱정되셨어요? 도도가 제일 힘드셨을 텐데."

"나이도 많고 내가 어렵잖아. 보아하니 내 역할이 없어지면서 어떻게 하나 걱정들을 하고 있길래. 난 지휘자 아니어도 할 일이 있으면 하면 되는데. 괜히 선생님이라 부르는 사람들 이렇게 어려워하며 말도 못하고 끙끙거리는 게 미안하드라고. 오호호호"

몽땅에서 가장 급변하는 변화를 온 몸으로 감당한 그녀를 우린 선생님도 지휘자님도 아닌 "도도!"라고 부른다.
도도는 몽땅의 시작부터 지금까지 주어진 혹은 제안된 모든 일을 묵묵히 담담히 수용하고 포용해주었다. 자신보다 나이가 어린 단원들, 경험의 차이가 나는 사람들에게 권위를 앞세우지 않는 부드러운 카리스마를 알려 준 분이기도 하다.

어느 분야에서든 프로라 불리는 사람들이 있다.
그리고 프로와 아마추어에 대한 수많은 해석과 구분도 있다.
누군가는 아마추어의 열정과 프로의 전문성으로 일하라고도 한다.

몽땅의 구성원이 도도의 연배가 되었을 때 딱 도도만큼 타인을 바라보고 이해하고 자신의 노래로 누군가에게 위로와 힘을 줄 수 있다면 좋겠다. 그리고 도도처럼 자신을 내세우지 않고 주위를 돌아보는 마음을 지녔으면 좋겠다. 그러면 아마 우린 도도에게 프로의 정신을 정말 제대로 잘 배운 사람들이 아닐까 싶다.

▲ 연주자로, 작곡가로, 영화음악가로 활동하다 몽땅에 합류한 반다

We are diff
We are sam

Yes!
We are different

montant

3-1

몽땅의 탄생

2011년 인천공항공사는 '인천공항과 함께 하는 다문화 문화예술단(가칭)사회적기업 육성사업'을 모토로 공모를 통해 사회공헌사업을 발굴했다. 3년간 지속적인 후원을 바탕으로 공기업의 책임이행과 공정한 사회구현을 위한 사회적기업을 육성하려는 취지가 담겨 있었다.

인천공항공사는 그간 글로벌 공항전문기업으로 다양한 사회공헌사업과 지역지원 사업을 확대하고 있었는데 급속도로 진행되는 다문화사회에 대한 고민에 동참하며 다문화 다국적인들이 매력적이고 당당한 사회구성원으로 자리매김할 수 있는 방안을 고민하며 기업의 사회적 책임에 동참한 것이다.

청년사회적기업가 육성, 사회적기업의 혁신적인 모델 발굴 등 사회적기업의 기반조성을 위해 연구와 지원사업을 하던 비영리사단법인 씨즈는 문화예술사회적기업 노리단을 연계하여 입찰에 지원하였다.
그리고 2011년 4월 22일 인천공항공사, 씨즈, 노리단은 협약서를 체결하고 본격적인 추진위 활동을 시작했다.

인천공항공사의 후원과 사단법인 씨즈의 컨설팅, 사회적기업 노리단의 책임경영과 콘텐츠 개발. 서로 다른 체질과 전문성을 지닌 기관이 의기 투합하여 그려낸 비전을 통해 몽땅은 탄생하게 된 것이다.

누구와 함께 할 것인가?

추진위가 제일 처음 했던 활동은 몽땅의 비전에 공감하고 함께 조직을 만들어 갈 구성원에 대한 정보를 구하는 일이었다. 이주사회와 다문화 사회, 문화다양성에 관계하고 있는 각계 전문가들과 기관을 방문하며 적합한 대상자와 현실적인 요구사항에 대해 조언을 구했다. 이주여성 단체, 이주노동자센터, 이주민을 후원하는 종교기관과 예술가 커뮤니티, 국가별 커뮤니티, 문화다양성을 연구하는 학자와 정책을 연구하는 연구자 등.
취지를 말씀드리고 방문을 요청드릴 때 직접 거론하지는 않았지만 위에 기술한 단체의 담당자가 혹은 대표자가 바쁜 시간 쪼개고 나누며 흔쾌히 조언과 지혜를 나누는 일을 아끼지 않았다. 경계도 있었고 의심도 있었지만 격려와 기대도 있었다. 더불어 우려되거나 감안해야 하는 부분, 보완되어야 하거나 실현되기 어렵다 생각하는 것까지 그간의 현장 경험을 바탕으로 생생한 사례와 경험을 전해주었다.

........아무리 좋은 취지라고 해도 생계에 대한 제시방안이 확실히 있어야 할 거예요.

........우울증이 있거나 불안함이 심한 분들에게 우선 기회를 제공하면 안될까요?

.......같이 일하는 한국사람들이 역차별 받는다는 생각을 하게 해서는 안 됩니다.

.......비자를 해결할 수 있는 방안이 있습니까?

.......초기 이직률이 높을 수 있습니다. 그에 따른 대책도 준비해야 하죠.

........노래가 주요 콘텐츠라면 필리핀 분들이 유리하지 않을까요?

........즐겁고 신나는 소식을 들려주는 팀이면 좋겠네요. 우울한 소식만 노출이 많이 돼서요.

........이주민과 선주민이 연대하고 네트워크하는 판이 꾸려진다면 저희도 힘을 받겠어요.

현장의 생생한 정보가 점점 쌓이면서 문득 우리의 도전이 자칫 이주사회에 부담이나 또 다른 문제로 파생되서는 안되겠다는 책임감도 커져 갔지만 더불어 그런 문제를 해결하는 해결사로서의 기대에도 적정한 중심을 잡아야겠다는 생각도 깊어졌다.

1차 오디션은 이주여성과 이주노동자를 중심으로 참여자를 홍보하였다. 2차 오디션은 국가별 커뮤니티와 이주민이 많이 모인 지역을 중심으로, 3차 오디션은 예술가 네트워크와 각 대학의 예비졸업생, 한국에서 활동하는 뮤지션을 중심으로 참여자를 홍보하였고 3차례의 공개오디션을 통해 총 20여명 내외의 단원이 선발되었다.

그 사이 반가운 소식이 들려왔는데 존경받는 뮤지션으로, 다문화청소년
의 미래를 고민하는 어른으로, 국민가수로 역동적인 활동을 하고 있는
인순이 예술감독의 결합이었다. 2차 공개오디션부터는 함께 심사위원
으로 참여하면서 전문가의 날카로운 시선과 든든한 격려를 전해주었다.

인순이 예술감독의 결합이 보도되면서 각 미디어로부터 취재요청이 많
아졌다. 대외적인 이슈와 관심을 만들어야 하는 미디어의 특성상 인순
이 예술감독과 참여단원들의 개인적인 사생활을 연결하여 노출시켜달
라는 요구가 주를 이었다. 지금 하려는 일을 중심으로 취재방향을 옮겨
주시길 제안드려도 역경을 헤쳐가는 이주성공사례의 부각을 우선으로
하자는 취지에 동의하기가 어려웠다.
이제 출발선에 서 있는데 성공이라니. 게다가 이제 공개채용에 응모한
불특정 다수의 지원자 정보를 노출시킬 수는 없는 일이었다. 오디션 마
지막에 각 나라의 민속의상을 입고 아리랑을 부르는 장면을 연출해 달
라던가, 집에 직접 찾아가서 가족인터뷰도 하게 해달라던가, 간혹 상식
을 동원하면 절대 이해할 수 없는 무리한 제안을 하는 곳도 있었다.

그 시간을 떠올리면 보다 지혜롭게 대응하지 못한 것이 아쉽기는 하다.
이러니 저러니 해도 관심을 갖고 요청을 한 것인데 미디어와 추진위의
활동을 잘 연결하는 해법을 찾아내는 것에 미숙하지 않았나 하는 반성
이다.

▲ 몽땅의 단원들. 총 9개 국가의 인원으로 구성되어 있다.

서로 다른 조직과 문화가 만나니
이해하고 학습하고 공유하고
이견을 조정해야 하는 과정을
수 없이 거쳐야 또 다른 조직이
탄생되는 것이라는 걸 시간이
지나면서 배우게 된다.

3차례의 공개 단원 모집, 3개월 내외의 트레이닝을 거쳐 현재 18명, 9개 나라의 출신자들이 몽땅을 구성하는 핵심인원이 되었다.

몽땅은 추진위 활동을 시작한 후 6개월이 지나서야 지니게 된 브랜드명이다.

다 같이, 함께 서로 다른 색채를 조화롭게 연결하는 이름. 각 나라의 다른 문화를 서로 융합하는 것을 한번에 확 이해시키는 이름. 수직적인 구도가 아닌 수평적인 구도를 상상할 수 있는 이름, 한 번 들으면 누구나 아 하고 외워지는 이름, 국내 혹은 국외 어디서나 누구나 발음하기 좋고 부르기 좋은 이름, 자체의 뜻을 지니고 있으면서 다른 의미로도 전해지는 이름. 영업과 효과적인 노출에 적합한 이름...

고려할 것이 많으니 쉽게 이름이 정해지지 않았다. 각자 적합한 이름을 상상하고, 그 중 후보를 고르고, 전문기관의 컨설팅을 받고, 다시 인천공항과 씨즈, 노리단이 만나 고심하고 고심하여 결정했다. 결국, 프랑스어 'montant(오르다)'의 뜻과 '있는 것을 빠짐없이 모두' 라는 우리말 뜻을 지닌 '몽땅'이 최종선정 되었다.

경계가 없이 펼쳐진 하늘빛을 몽땅을 대표하는 색채로 정하고 조직의 미션과 성격을 효과적으로 전달하는 헤드카피와 서브카피도 만들었다.
"다르지만 같은 노래"
"인천공항과 함께 세상의 모든 노래를 만납니다."

서로 다른 조직이 만나 또 다른 조직을 탄생시키는 과정은 출산의 과정과 참 닮은 점이 많다. 사랑해서 결혼해도 그동안 각자 자신의 집에서 길들여진 입맛, 생활습관, 버릇과 습성이 하루아침에 달라지거나 같아지는 것이 아니듯이 서로 다른 조직과 문화가 만나니 이해하고 학습하고 공유하고 이견을 조정해야 하는 과정을 수 없이 거쳐야 또 다른 조직이 탄생되는 것이라는 걸 시간이 지나면서 배우게 된다.

돌아보면 그간 다양한 시행착오가 없지 않았을 텐데 그 순간마다 조금 더 여유를 지니고 조금 더 이해하고 조금 더 기다릴 수 있었던 것은 처음 이 프로젝트를 구상한 인천공사의 의지와 책임감 덕분이었다. 그 동안 수많은 사람들이 노력하고 노심초사 고민하였겠지만 공기업이 사회적 책임을 다하는 방법 중에서 인천공사의 이번 시도와 지원의 방식은 차후라도 다른 시선과 평가를 통해 잘 정리가 되면 좋겠다는 바람도 있다. 이런 사례를 통해 공기업과 공공기관이 사회와 지역에 할 수 있는 일과 함께 해야 하는 일을 구상하는데 좋은 자극이 된다면 사회구성원인 시민들 역시 직접 참여할 수 있는 방식과 기회가 더 많아지리라는 기대 때문이다.

3-2

몽땅의 운영원리

우리는 노래를 다룬다.
우리는 차이를 다룬다.
우리는 관계를 다룬다.

몽땅은 이 세 가지 열쇠말을 중심으로 운영의 방식을 고민하였다. 조금 자세히 들여다보면 각 문장에는 이런 뜻이 담겨있다.

1. 우리는 노래를 다룬다
잘 부르는 노래의 기능적인 효과 너머 노래 본연의 공동체성, 원시적 생명력을 회복하는 것.
다양한 재료와 소리를 사용하나 인간의 목소리가 중심이 되는 것.
합창, 중창, 솔로앙상블 등의 노래와 비언어 퍼포먼스, 미디어, 다양한 예술장르와의 결합.

2. 우리는 차이를 다룬다

개성의 발췌를 통해 서로의 다름을 인정하고 문화다양성의 조화를 추구하는 것.

모두를 위한 획일화가 아닌 개성이 살아있는 하모니를 선택하는 것.

문화의 차이를 종단하고 횡단하며 서로의 차이를 경쟁력 있는 장점으로 양성하는 것.

3. 우리는 관계를 다룬다

다양한 문화가 공존하며 수용되는 유연성 있는 조직문화를 만드는 것.

관객과 공연자, 연주자와 감상자, 창작자와 기획자 사이의 경계를 넘나드는 소통의 회복.

이질적인 문화가 만나 서로를 자극하는 역동성과 에너지의 확산.

이런 구상을 바탕으로 몽땅의 단원들은 명시화되지는 않았지만 몇 가지 즐겨 사용하는 행동방식을 만들어냈다.

1. Don't be shy

모르면 물어보고, 안되면 다시 하고, 질문을 던지며 시도해 보자

2. let's enjoy something new together!

처음 해보는 것, 안 해 본 것, 낯선 것, 불편한 것을 만나보자

3. Our responsibility to ourselves

선택, 판단, 권한, 책임 등 자신의 결정을 스스로 책임지자

몽땅은 주 1회 운영회의와 단원자치회의를 통해 의사결정을 하고 있

우리는 노래를 다룬다
우리는 차이를 다룬다
우리는 관계를 다룬다

▲ 트레이닝 중인 몽땅의 단원들

다. 2011년 운영회의는 추진위 중심으로 구성된 인원이 주축이 되었지만 2012년부터는 몽땅 구성원을 중심으로 운영회의가 진행되고 있다. 단원자치회의는 대표자와 기획실장, 음악감독은 배석하지 않는 것을 기본으로 단원들 간의 핵심이슈와 논의사항을 중심으로 진행되고 이를 통해 결정된 내용은 큰 이견이 없다면 운영에 반영하는 것을 기본으로 하고 있다.

단원들 모두 고유 업무와 핵심 업무를 중심으로 하루를 살아가는데 일 년에 두 번 업무배치와 진행과정을 회고하고 계획을 수정 보완하는 평가테이블을 진행 중이다. 업무배치에 따라 책임지고 선행하는 경험있는 단원과 이를 통해 학습하고 일머리를 배우는 단원이 파트너가 되어 수시상호 보완하는 방식을 택하고 있다.

사업은 크게 공연과 교육, MICE사업 분야로 나누어지는데 그 중 공연 사업이 가장 먼저 선보였다. 초청, 기획 공연을 중심으로 단발성 초청 사업을 시작으로 10일 이상의 상설공연과 자체 기획을 통한 지역 및 대상밀착형 공연사업을 선보이고 있다.

각 나라의 음악을 채집하여 몽땅의 스타일로 재창조 하여 부르는 곡.
익숙하고 알려진 명곡을 다양한 목소리의 하모니로 들려주는 곡.
환경, 평화, 연대 등 사회적 메시지를 전달하는 곡.
그리고 몽땅의 대표 창작곡을 중심으로 공연이 기획된다.

문화예술 교육사업은 강사파견으로부터 출발하여 자체 교육역량강화를 꾀하였고 점차 다양한 수혜계층에 맞춤형 체험교육프로그램 제공으로 확장될 전망이다.

음악의 창작과정을 직접 체험하는 프로그램과 역동적이고 다양한 놀이를 통해 문화를 경험하는 프로그램, 문화다양성을 확산하는 리더십 교육과 청년사회적기업 양성 프로그램, 글로벌 리더십 훈련 프로그램 등을 기획 중이다.

MICE 사업은 문화기획자 양성과 더불어 축제와 행사, 캠프 등 복합적인 기능을 수행하는 단일 사업의 모델을 개발 중이다. 빠르면 2012년 겨울부터 선보이려 한다.

2012년 9월 1일. 1년간의 추진 성과를 바탕으로 몽땅은 주식회사로 법인등록을 했다. 법인이 되었다는 것은 하나의 법적 인격체의 책임을 지녔다는 의미겠다. 새롭거나 혹은 새롭지 않거나 경영의 기본을 만들어 가는 것은 구성원 각자의 판단과 선택에 따른 책임을 염두에 두며 진행할 일이다. 제한적 규칙과 원칙이 과할수록 시스템에 맞춘 사고와 습관으로 흐를 수 있으니 최대한 기본정신을 깊게 공유하고 이해하며 구성원 각자의 자율적인 판단과 흐름에 반응할 수 있도록 유연하고 탄력적인 운영을 하자는 것이 현재의 모습이다.

인원이 적은 규모의 회사는 그 만큼 구성원 한 명 한 명의 목소리에 빠른 반응을 할 수 있지만 반대로 그 목소리를 스스로 책임지지 못하면 개인의 문제가 조직으로 바로 확산될 수 있는 구조도 함께 지녔다. 양날의 검처럼 장점과 단점이 맞닿아 있으니 그런 부분을 잘 경계하며 앞날을 기약하자는 것이다.

규모가 작더라도 회사는 일을 하기 위해 모인 곳이고 그 일은 결국 사람이 하는 것이니 오늘 하루를 살더라도 나와 가장 많은 시간을 보내고 만나는 동료들에게 좋은 사람, 함께 일하고 싶은 사람, 앞으로 계속 만나고 싶은 사람이 되자는 것이 몽땅의 운영원리라 하겠다.

3-3

우리들의 하루

몽땅의 출근시간은 오전 9시 30분이다.
다른 곳에 비하면 출근시간이 늦은 편인데 몇 가지 이유가 있다.

하나는 출, 퇴근 거리가 먼 단원들의 출근길 정체를 피하게 하는 것이다.
대부분의 단원들이 부천 사무실 근방으로 거주지를 옮겼거나 살고 있
지만 아직 30% 정도의 단원들은 왕복 3 ~ 4시간 거리를 이동한다. 출
근시간을 조금만 늦춰도 차량에서 머무는 시간을 줄일 수 있다.
두 번째는 육아와 양육을 겸하는 여성을 위한 배려다. 자녀들이 학교를
가거나 유치원으로 이동할 때 엄마들의 역할은 지대하다. 아침식사를
준비하고 아이들을 준비시키고. 출근시간이 좀 늦은 편이어도 여전히
아침시간 주부들은 분주하다.
세 번째는 우리의 일 중 많은 부분이 신체를 활용해야 하기 때문이다.
잠에서 깨어나 적정한 워밍업을 거친 후 연습이나 활동을 시작하는 것
이다. 몇몇 단원들은 오전시간을 이용하여 본인에게 필요한 별도의 운
동 (요가나 헬스, 수영 등)을 하고 있다.

출근시간은 10시에서 9시로 다시 9시 30분으로 세 번 조정되었다. 10시 출근을 하니 오전시간이 너무 쓸모없이 사용되었고 9시로 변경하니 몇 가지 문제가 보였다. 다시 9시 30분으로 조정했는데 현제까지는 적정한 판단인 듯 불편함이 해소되고 있다.

오전시간은 크게 두 가지 흐름으로 진행된다. 문서와 행정업무, 메일 응대 등 기획과 운영을 위한 일감을 나누어 진행하는 파트와 개인트레이닝, 발성, 워밍업 등 신체훈련을 진행하는 파트다.
오후시간은 거의 대부분 사업진행이나 준비의 시간으로 사용된다. 오후시간은 그래서 사무실에 사람들이 거의 없을 때가 많다. 현장에 나가있는 것이다.
다시 저녁시간이 되면 모이는데 마무리 모임을 하기 위해서다. 간략하게 당일 진행되었던 일을 평가하기도 하고 다음날을 위해 준비해야 하는 것을 나누기도 한다.

업무는 자신이 맡고 있는 분야별로 스스로 알아서 책임지는 것을 원칙으로 한다. 자율적인 형태인데 말처럼 쉽지는 않다. 단위별 팀장이 있어 주 단위 핵심 업무나 주력사업의 방향성을 체크하고 그에 따른 일감을 나누기도 한다. 대신 한 명 한 명, 당일 업무량을 체크하여 평가하지는 않는다. 구태여 그럴 필요도 없는 것이 거의 대부분의 일이 혼자 하기 보다 함께 해야 하는 협업의 구조인지라 누군가 자신의 일을 하지 않으면 바로 같이 하는 동료의 업무에 차질이 생긴다. 제일 어려운 것은 적정한 시간관리를 하는 것인데 아직까진 능력보다 욕심이 앞서는

지 깜빡하거나 놓치는 일도 적지 않게 발생하고 있다.

개인의 경험과 해석으로만 일이 진행되는 것은 경계하는 편이다. 혼자 하는 업무를 진행할 때도 그 과정을 노출시키고 주변의 의견을 다양하게 구하면서 진행하는 것을 권장한다.

짠! 하고 한 번에 멋있는 결과를 만들어내려 하지 말고 나의 고민에 너를 동참시키고 과정을 노출하자는 것이다. 일이란 진행하는 과정을 같이 겪을 때 책임감도 강화되고 무엇보다 서로의 지혜를 모으는 것이 혼자 잘하는 것보다 좋은 결과를 가져오기 때문이다.

점심시간에는 도시락을 가져오는 사람들과 외식을 하는 사람으로 나뉘는데 가급적 한데 모여 밥 먹는 것을 즐긴다. 몽땅의 점심시간은 매우 다양한 식단으로 이루어진다. 입맛과 식생활이 다른 사람들이 집에서 준비해 온 도시락은 중국, 인도네시아, 모로코, 한국, 미얀마 등 다양한 나라의 음식을 나눌 수 있는 시간이다.

처음에는 각자 자신이 준비한 점심을 즐겼으나 점차 시간이 지나면서 서로의 반찬을 더 탐하게 되었다. 요즘처럼 날이 추워져서 김장을 하는 시기에는 보쌈과 김장 속이 커다란 통에서 나오기도 하고 인스턴트 카레로는 당할 수 없는 여러 향신료가 오감을 자극하는 커리와 난을 도시락시간에 만나기도 한다. 생선을 한국 추어탕 끓이듯이 곱게 갈아 콩가루와 넣고 끓인 후 쌀국수와 함께 먹는 미얀마의 '몽힝카'는 영양식으로도 인기가 좋아서 넉넉히 준비하지 않으면 정작 주인은 먹을 것이 모자라기도 한다. 청국장이 보온병에서 나오기도 하고 중국의 '도부유'(빨간색을 띠며 콩 치즈로 부르기도 한다)에 도전하는 사람들도 생겼는데 단점은 식사 후 환기를 오래 해야 한다는 것이다. 서로의 도시락통에서 나오는 반찬은 맛도 향도 다르지만 자신이 먹을 것과 넉넉하게 나눌 것을 따로 준비해오는 것을 보니 이제 서로의 음식에 입맛도 길들여지고 있나 보다.

옹기종기 모여서 나누는 밥상에 대화가 빠질 수 없다. 소소한 일상의 이야기부터 오전에 진행했던 일 이야기, 트렌드에 대한 정보 공유와 요리의 과정을 설명하는 것까지. 음식을 나눈다는 것은 서로의 문화를 나누는 일이구나 싶다.

하루 종일 일하며 만나도 다른 일탈을 통해 서로를 이해하고 싶을 때가 있다. 그럴 때면 한 번 같이 논다. 가을이 깊어질 무렵에는 퇴근 시간을 앞당겨 부천에 위치한 캠핑장으로 소풍을 갔다. 사무실과 차로 10분 거리에 위치했는데 올해 개장을 했다. 화덕에 불을 피웠는데 오리, 돼지, 양 세 종류의 고기가 등장했다. 공간이 넓어 숨이 턱에 차오르도록 게임도 하고 모닥불 앞에서 이야기도 나누고 하얀 달이 떠오르자 노래도 했다. 누구나 몇 번씩 그만두고 싶은 순간이 있었고 누구나 몇 번씩 그 순간을 넘겨왔었다.
나 혼자만의 고민이 아니라 너에게도 그런 순간이 있었고 네가 아직 이곳에 있듯 나 역시 네 옆에 있다는 것을, 굳이 말하지 않아도 서로의 눈을 바라보며 노래하는 순간 공감했다. 당장 내일이 되면 똑같은 걱정과 고민에 빠질지도 모르지만 혼자가 아니다 서로 다독거렸다.

때로는 퇴근 후 각 나라의 음식점을 순례한다. 다행히 모든 구성원들이 맛있는 음식을 나누는 것을 좋아하고 서로의 먹을거리에 호기심도 많아서 공통의 취미가 되었다. 사무실이 위치한 부천과 인근 부평에는 다양한 나라의 크고 작은 음식점이 많아서 저렴한 가격으로 음식을 통한 세계여행을 할 수 있다.

정해진 요일이 휴일로 되어 있지만 그 날에 일을 하게 되는 경우도 많다. 그럴 때면 스스로 자신의 휴일을 챙겨 쉬는 시간을 확보하도록 보상 휴무를 사용한다. 정해진 퇴근시간이 있지만 '내가 맡은 일이 끝나는 것이 퇴근이다'라고 생각해서 때로는 일찍 때로는 늦게까지 일하기도 한다. 직책과 무관하게 자신의 업무가 종료되면 눈치 보지 않고 "수고 하세요."이야기 남기고 퇴근하면 된다. 그러므로 자신의 업무량과 능률을 파악하고 조정하는 것, 그에 따른 학습을 하는 것도 게으를 수 없는 부분이다.
자기관리를 하는 것, 말과 행동에 책임을 지는 것, 지킬 수 있는 약속을 하는 것, 이런 전제가 되어야 자율성이 살아나는 일 방식이 서로에게 편리함을 주는 것 같다. 서툴거나 시행착오를 겪는 것도 많은데 나아가야 하는 방향을 정해놓고 그것이 우리에게 체질이 되고 습관이 되도록 한 걸음씩 걷고 있다.

서로를 호칭할 때는 직책으로 부르지 않고 이름을 부른다. 나이에 따른 존칭과 경어의 사용은 나라마다 다른 고유문화인데 이름을 부르는 방식 역시 그러하다. 가끔 한국 외에는 존칭의 문화가 없다고 생각하는 사람들도 있는데 영어, 프랑스어, 스페인어, 일어 등 다양한 언어에도 존칭의 문화는 있다.

우리나라는 또래나 자신보다 나이가 적은 사람에게 이름을 부르고 회사에서는 00씨, 팀장님, 부장님 등 직책이나 지위로 상대방을 호칭하는 것이 일반적이다. 몽땅은 여러 나라 사람이 모이다 보니 이름의 길이도 다르고 이름을 부르는 문화도 달랐다. 가급적 대화가 편하고 서로의 의견을 자유롭게 논할 수 있도록 먼저 직책으로 상대를 호칭하는 것을 없앴다. 일에 대한 존중은 하되 직급이 또 다른 계급을 만드는 것을 경계한 것이다. 더불어 부르기 쉽고 간명한 자신의 이름을 새로 만들었다. 어떤 사람은 본명을 사용하기도 하고, 어떤 사람은 자신의 바람을 담아 새로운 이름을 만들었다. 길이가 길어 부르기 힘든 이름은 짧게 줄여 사용하기도 한다.
이 책에 표기된 우리의 이름은 모두 다 그렇게 탄생된 것이다. 회사 안에서는 이름을 부르지만 외부로 나갈 때면 가급적 직책을 사용한다. 우리가 속한 사회가 만들어 놓은 익숙한 약속을 함께 사용하는 것이다.

문화란 누군가 강제하거나 암기하듯 학습시킨다고 만들어지는 것이 아니라고 생각한다. 구성원 각자의 바람과 욕망이 적정하게 반영되고 그렇게 하나씩 방법을 만들어가며 스스로 무엇을 살리고 없애야 하는지 자정작용을 할 때 문화가 만들어진다. 문화가 만들어내는 힘은 강력하므로 자신이 어떤 문화를 만들어내며 그 안에서 영향을 받는 것인지 끊임없이 관찰할 필요가 있다.

조직문화란 그 조직이 더 나아가고 생존하게 하는 지혜가 되고 비결이 될 것이다. 조직이란 사회보다는 보다 구체적이고 합일된 목표를 향해 나아가는 것이 특징이다. 이익을 만들어내고 그것을 통해 지속할 수 있으므로 좋은 조직문화는 구성원들에게 다양한 혜택으로 전해질 것이다. 현재 우리가 공유하고 공감한 조직문화는 서로 다른 문화의 차이를 인정하고 그 다름에서 오는 차이를 차별성으로 키워내는 것이다. 문화의 수용성을 높이지만 획일화, 동일화되는 것을 경계하고 다른 문화와 고유의 문화가 충돌하며 만들어지는 문제를 자원으로 전환시키며 역동성과 융합의 에너지를 취하자는 것이다.

그에 따라 엄격하게 지키려고 하는 것도 당연히 있다.

국가별 이해관계와 형편이 다르므로 정치와 종교에 대한 이야기는 하지 않는다. 무시하는 것이 아니라 자신도 모르게 고국을 대변하다 발생할 수 있는 문제를 줄이자는 것이다. 당연히 국가별 문화를 비교하며 우위를 가르는 행위도 조심한다. 서로의 문화를 상위, 하위문화로 판단하게 되는 무례함을 범하지 않으려는 것이다. 종교담론도 하지 않는다. 종교에 따라 지키거나 행하는 방식도 다르므로 회사 안에서는 서로의 종교를 권하거나 비방하는 것은 당연히 금지항목 중에 하나다. 단 예외인 경우도 있다.

더운 여름, 야외 공연을 나갔는데 오마르의 안색이 좋지 않았다. 말수도 적고 사람들과 자꾸 떨어져 있더니 끝내 점심시간에 혼자 밥도 먹지 않는 것이었다. 폭염으로 나무도 사람도 축축 처지는 날이었는데 시원한 물 한 모금 마시지 않고 묵묵히 앉아만 있는 것이었다.

무슨 문제가 있는지, 혹시 누군가와 안 좋은 일이 있는건지 무대를 준비하는 단원들도 예민해졌다. 소탈한 성격에 누구와도 잘 어울리던 오마르가 혼자 떨어져 있으니 더 신경 쓰였던 것이다. 모두가 다가갔다. 왜 그러냐고, 무슨 문제가 있냐고.

라마단 Ramadan이 시작되었단다. 라마단 기간 중에는 일출 후 부터 일몰까지 금식, 금연, 금욕하는 것이 의무인데 말을 하면 침이 마르고, 공연까지 에너지를 아끼느라 가만히 있었다는 것이다. 사실을 알고 모두 한바탕 웃음을 터트렸다. 끊임없이 물이며 음식을 권하거나 먹으면서 오마르를 시험에 들게 한 것에 미안함을 전했다.

말하려고 했는데 말 할 기운도 없어서 가만히 있었다고 미안해할 필요 없다며 신경 쓰지 말고 편하게 먹고 마시라던 오마르는 해가 기울고 봉인된 시간이 풀리자 남겨놓은 음식을 폭풍흡입하며 만족한 미소를 지었다.

어떤 종류의 폭력도 금지다. 말이나 글, 물리적 폭력, 성에 관한 것을포함해 어떤 종류의 폭력도 행사되거나 피해를 가져오게 해서는 안 된다.

공과 사는 구분한다. 당연한 것인데 지키기 어렵기도 하다. 적은 인원의 사람들이 모인 곳에서는 친근함이란 때로 일을 하기 어려운 감정적, 정서적 관계를 만들어내기도 하므로 개인의 관계성과 일을 하는 관계성을 분간하자는 것이다.

한 해 두 해 시간이 쌓이면 그 때는 이렇게 말로, 글로 설명하며 풀어내
는 것이 아니라 몸으로 행동으로 느끼고 공감하게 되는 조직문화를 지
니게 될 것이다. 지금 하고 있는 행동 중에 어떤 것은 사라질 테고 그
빈 자리에는 또 다른 것이 생겨나겠지만 오랜 시간 이곳에 있던 사람도
처음 이곳을 만나는 사람도 누구나 쉽게 이해되고 공감되는 그런 문화
를 지니게 되었으면 한다.

▶ 몽땅의 점심식사. 각자 준비해온 음식들로 함께하는 월드 만찬

나 혼자만의 고민이 아니라
너에게도 그런 순간이 있었고
네가 아직 이 곳에 있듯 나
역시 네 옆에 있다는 것을,
굳이 말하지 않아도 서로의
눈을 바라보며 노래하는 순간
공감했다. 당장 내일이 되면
똑같은 걱정과 고민에 빠질
지도 모르지만 혼자가 아니다
서로 다독거렸다.

▲ 미얀마 음식점 '바타욱액'에서

몽땅의 일

처음 몽땅이 주변에 선보인 일은 노래를 하는 공연이었다.

짧게는 10분에서 길게는 60분의 공연을 한다. 학술포럼, 시상식, 축제, 초청공연, 컨퍼런스, 기업행사, 박람회 등 다양한 판에서 노래하고 있다. 실내와 야외 어디서나 노래를 부른다. 'terra'는 지구와 환경에 관한 주제를 담고 있고, '아프리카또'나 '그대만의 움직임'처럼 화합과 공존에 관한 테마를 지닌 노래는 대부분의 공연에서 항상 요청받는 우리의 창작곡이다. 다양한 나라의 노래를 발췌하여 새롭게 편곡한 곡, 기존의 노래 중에서 사람들이 익숙하게 알고 있는 곡도 새롭게 구성하여 총 15곡 정도의 주요 레퍼토리를 개발하였고 이를 바탕으로 공연사업을 진행 중이다. 공연이라고 노래만 계속 부르는 것은 아니다.

제안한 곳의 요청에 따라 관객들이 함께 참여하는 리듬놀이가 추가되기도 하고 문화다양성을 주제로 하는 짧은 강연을 함께 할 때도 있고 단원들의 스피치를 통해 몽땅의 철학과 소개를 겸하여 진행하기도 한다. 공연과 워크숍이 결합된 프로그램도 최근 선보이고 있다.

그동안 공부하고 탐색하며 진행하던 단원훈련의 내용을 바탕으로 교육 프로그램도 진행한다.

청소년 대상으로 주변의 소리를 채집하여 단순한 리듬으로 만들고 자신의 생각과 이야기를 담은 가사를 쓰고 멜로디를 창작하는 워크숍 프로그램은 총 15시간 분량으로 2일에 걸쳐 진행된다.

몸과 마음 그리고 노래의 원시적인 힘을 연결하여 진행한 놀이프로그램은 초등학생 대상으로 매주 한 번 2시간씩 총 10회에 걸쳐 진행한 프로그램이었다.

다양한 나라의 모습이 담긴 사진을 보고 그 안에 담긴 소리를 상상하여 다시 '소리드라마'로 만드는 프로그램은 3시간 동안 진행되는 단기워크숍이다.

문화다양성에 관한 강연과 단원들이 자신의 변화와 성장을 테마로 진행하는 스피치도 자주 요청받는 일 중 하나다.

몽땅의 교육사업은 단순 암기를 통해 지식을 전달하거나 멋진 노래한 곡을 짠, 하고 창작하여 결과물을 선보이는 형태의 것은 아니다.

음악과 소리를 주제로 함께 놀고 체험하며 우리 몸 안에 잠들어 있는 창조성과 창의성을 일깨워내는 것에 목적을 둔다. 참가자들은 서로 협

▲ 청계광장에서 공연 중인 몽땅의 모습

▼ 몽땅의 워크숍 프로그램 '소리배닝여행

음악과 소리를 주제로 함께 놀고 체험
하며 우리 몸 안에 잠들어 있는 창조성과
창의성을 일깨워내는 것에 목적을 둔다.

력하고 타인을 존중하며 참여해야 하는데 그 안에서 다양하게 발생되는 문제와 이견을 조율하며 과정에 동참함으로써 문제해결 능력과 문화감수성을 키우기도 한다. 9개 나라의 다양한 언어와 사람을 만나는 즐거움이 함께 하는 것은 몽땅의 교육프로그램이 지닌 즐거움 중에 하나다.

우리가 즐거워하는 일 중 하나는 다양한 축제를 만드는 판에 함께 하는 것이었다.

최근 '00은 대학'과 함께 진행한 프로그램은 지역의 작은 재래시장을 찾아가 한바탕 시끌벅적한 판을 만드는 것이었다. 재래시장에 청년들 즉 젊은 사람들이 연결되어 예술과 문화를 바탕으로 크고 작은 해프닝을 만들고 상인 분들과 의기투합하여 재미난 동아리를 민들고 이를 시장에 찾아오는 고객들에게 다시 제공하는 것이었다. 시장이 단순히 물건을 구매하는 공간에서 벗어나 지역 사람들이 모여 서로의 문화를 공유하고 나누는 공간으로 변화되는 과정이 감동적이고 즐거웠다.

인천과 부천은 이주민의 거주비율이 높은 지역 중 하나다.

"식당에 들어갔다가도 이주민들이 있으면 왠지 싫고 찜찜해서 다시 나왔다. 단골 가게에 피부색이 다른 사람들이 많이 다니면서 가게를 바꿨다. 오늘 이렇게 같이 이야기 하고 놀다보니 이제 이유 없이 그들을 미워하거나 불편해하면 안되겠다. 우리와 똑같은 사람이었다."

쑥스러움 가득한 얼굴로 이야기를 하시던 아주머니를 만나게 된 곳도 인천의 재래시장 축제자리였다.

음악을 매개로 사람들을 만난다는 것은 지극히 매력적인 일이다.

특히 우리나라처럼 노래하고 춤추고 음악을 좋아하는 사람들이 어디에나 가득한 곳에서는 말이다. 누가 시키지 않아도 흥이 오르면 여기저기에서 동네 '카수'들이 튀어나오고 기저귀를 떼지 않은 갓난아기는 유모차에 엉덩이를 콩콩 찧으며 리듬을 타고 초등학생으로 보이는 아이들은 최근 유행하는 춤과 노래를 그 사람이 여기 있는 듯 똑같이 따라한다.

서로의 마음을 나누고 생각을 나누고 신명을 더하는 음악은 그래서 사람과 사람사이, 피부색과 피부색 사이, 말과 말 사이 서로를 나누고 있던 담벼락을 슬금슬금 없애고 서로를 연결하는 길을 만들고 오고가는 문을 열게 한다.

우리가 하고 싶은 일 중 하나는 이렇게 음악을 매개로 다양한 사람들이 한바탕 판을 펼쳐 서로에게 다가서는 길을 내고 문을 만들어 가는 축제와 캠프 등을 기획하는 것이다. 아직은 그런 판에 참여하는 단체 중 하나지만 빠른 시간 안에 축제를 기획하고, 사람들을 양성하고 우리가 만든 판에 다양한 사람들을 초대하고 싶다.

그 안에 무엇이 담길 지는 그 축제를 즐기고 모이는 사람들의 몫이겠지만 옛 어른 말씀에 "노래 좋아하고 춤 좋아하는 사람치고 나쁜 사람은 없다"하니 분명 선한 사람들이 모여 그들의 에너지로 사회에 'GOOD NEWS'를 전하는 이야기를 만들어내지 않을까 한다.

▲ 부천의 지역공동체들과 함께 하는 지역축제 '우리동네 다문화 닥쇼'
▼ 지역 재래시장 활성화 사업의 일한으로 열린 시장마을축제에서의
　 몽땅음악을 매개로 사람들을 만난다는 것은 지극히 매력적인 일이다.

서로의 마음을 나누고 생각을
나누고 신명을 더하는 음악은
그래서 사람과 사람 사이,
피부색과 피부색 사이,
말과 말 사이 서로를 나누고
있던 담벼락을 슬금슬금 없애고
서로를 연결하는 길을 만들고
오고가는 문을 열게 한다.

몽땅의 네트워크

부천복사골문화센터 4층. 몽땅이 위치한 곳이다. 같은 층에는 부천문화재단이 있다. 2011년 첫 입주를 했을 때 다양한 기관과 시설이 있는 복사골문화센터에서 우리는 조금은 어리둥절한 낯선 사람들이었다. 옷차림과 행색도 건물을 오고가는 사람들과 다르고 문화나 언행도 달랐다. 다르다는 것이 주는 처음 느낌은 불편함인 경우가 많은데 부천문화재단 분들과 복사골문화센터에 생활하는 분들은 몽땅을 환대로 맞아주었다. 처음 6개월 정도는 신입단원을 선발하고 시작하는 공간을 다듬고 흐름을 만드는 것에 바빠서 둥지만 틀었지 주변에 관심을 두거나 우리를 어떻게 바라보고 있는지 시선을 돌릴 여유도 없었다. 하루 이틀 지나면서 출근길 1층에서 만나는 경비아저씨들의 힘찬 인사가 들리고 조용히 사무실 주변의 쓰레기를 치워주시는 청소아주머니의 미소가 보였다. 모처럼 구내식당을 이용하는 날이면 외국사람들 입맛에 괜찮을까 식판의 남은 음식을 보며 말 건네는 조리사분들이 보였고 무슨 문제라도 생겨서 달려가면 하던 일 멈추고 귀 기울이며 "무엇을 도와드릴까요?" 묻는 부천문화재단 분들을 만날 수 있었다. 공간과 네트워크의

우호적 지원을 협약하며 시작된 일이었는데 그보다 먼저 낯선 사람 반겨주는 사람들을 만나게 되었다.

무엇을 하는지, 어떤 성과를 내는지 단 한 번도 먼저 요구하거나 재촉을 받은 적이 없다. 그보다 기다리고 찬찬히 바라보며 질문을 던지면 답을, 불편함이 생기면 시정을 해주었다. 대신 우리가 만나야 하거나 만나면 좋을 분들이 계신 곳에 자리를 만들어 초대해 주었다. 부천문화재단이 지닌 네트워크를 자연스럽게 몽땅도 공유할 수 있었다.
부천문화재단 분들도 하루를 초 단위, 분 단위로 쪼개고 나누며 살아간다. 그렇게 보인다. 어쩌면 몽땅이란 곳이 인큐베이팅 되면서 자신들이 맡고 있던 일이 더 늘어난 분도 있을 테고 신경 쓰거나 관심 기울여야 하는 영역도 확장되었을 것이다.

추석 즈음 뭔가 그간의 고마움을 깜짝 선물로 전하고 싶었다. 마침 1년간 성과를 통해 법인화가 된 시점이기도 했다. 점심시간이 끝날 무렵 재단사무실에 단원들이 우르르 몰려갔다. 게릴라 콘서트를 준비한 것이다. 안내를 드리고는 다짜고짜 노래를 불렀다. 전화기 소리, 자판을 두드리는 소리만 있던 공간에 노래가 울려 퍼졌다. 고개를 들고 자리에서 일어나 박수를 치고 난데없는 공연에 잠시 당황한 모습을 보이던 분들도 이내 얼굴 가득 미소가 피어올랐다. 누군가의 표정이 스르륵 풀리면서 바뀌는 것을 바라보는 것은 늘 참 기분 좋은 일이다. 10분 걸렸다. 그리고 다시 샤샤샥 각자의 업무로 복귀했다. 몇 발자국 걸으면 닿는 곳에 있기에 가능한 일이기도 했다.

177

둥지를 틀고 있는 곳이 있다면 산파 역할을 도맡은 곳도 있을 것이다. 사회적기업 노리단이다. 노리단은 2004년 하자센터에서 인큐베이팅 되어 2007년 문화예술사회적기업이 된 곳이다. "하고 싶은 일로 먹고 살기"라는 프로젝트의 일환으로 출발했지만 현재는 "청년들의 내일을 후원하고 하고 싶은 일로 세상을 변화시키자"는 미션을 통해 문화예술 사회적기업의 롤모델로 성장한 곳이다. 혁신적인 공연, 창의교육, 커뮤니티 디자인의 확장을 통해 끊임없는 도전을 지속하는 곳이기도 하다. 노리단은 가끔 저렇게 조직 노하우를 아낌없이 퍼주면 어쩌나 싶을 정도로 선배 사회적기업의 지혜를 전수 중이다.

노리단도 역시 몽땅에게 무엇을 바라거나 이익을 보려 하지 않는다. 왜 그러는 걸까? 사회적기업이 또 다른 사회적기업을 인큐베이팅 하는 사례의 중요성을 알기 때문이란다. 한정된 밥그릇을 놓고 쟁탈전을 벌이지 말고 밥그릇의 수를 늘이고 차리는 밥상을 풍요롭게 만드는 사회적경제를 만들어 가고 싶단다.

그러고 보니 몽땅을 함께 만들어가는 인천공항공사, 사단법인 씨즈, 부천문화재단, 노리단 모두에게 공통점이 있다. 빠른 성과를 요구하지 않고 기다려주며 자생적인 흐름을 지닐 때까지 (평가하거나 단정하며) 무언가를 쉽게 제안하지 않았던 것이다.

가끔 노리단을 바라보면 때론 무모할 정도의 솔직함과 꼼수나 술수가 없는 정면 돌파의 모습이 감동적이기도 하다. 바라고 원하는 것을 노력하고 당당히 마주하려는 자세를 보면서 그러다가 혹시 사회에 혹은 주변의 기대와 요구에 소모되거나 소진되지는 않을까 걱정이 되기도 한다. 그럴 때면 노리단을 거쳐 갔거나 노리단과 함께 했던 사람들의 이야기가 들려온다. 건강하게 사회 여기저기에서 또 다른 활력을 만들어 내고 있다는 청년들의 이야기다. '00은 대학'도 그 네트워크 중 하나다.

노리단이 하고 있는 다양한 도전과 사례는 그들이 속한 사회에 건강한 에너지로 파급되고 있다. 노리단도 그들이 속한 사회에서 에너지 받고 힘 받고 특유의 건강함을 오래 유지하길 기대한다. 그리고 인천공항공사, 씨즈, 노리단, 부천문화재단. 몽땅을 인큐베이팅 하고 앞과 옆, 뒤에서 함께 걸어주었던 사람들에게 몽땅도 응원해 줄 수 있는 시간이 오길 바란다. 우리가 함께 저들의 탄생을 도왔다고, 저들이 걷는 길을 함께 내었다고, 그렇게 네트워크의 일원임을 서로 고마워하면 좋겠다.

우리가 살고 있는 것은 우리들만의 노력이 아니다.

▲ 청계광장에서의 노리단 – 몽땅 합동공연

우리가 함께 저들의 탄생을
도왔다고 저들이 걷는
길을 함께 내었다고 그렇게
네트워크의 일원임을 서로
고마워하면 좋겠다.

원고를 작성하는 기간 중에 경기도 예비사회적기업 공고가 시작되었다. 서류를 준비하고 현장실사를 받고 대표자 인터뷰를 하였다. 그리고 며칠 전 예비사회적기업으로 지정되었다는 소식이 들려왔다. 한 고개를 올라온 느낌이었다.

돌이켜 생각하면 참 무모하고 몰라서 용감했던 것 같다.
다양한 나라의 사람들이 한데 어울려 목소리를 높여 노래를 부르고 사회에 좋은 에너지를 전하는 회사를 창업하자는 발상이 이상적이고 아름답게 느껴져서다.
서로의 차이를 인정한다는 이야기는 다른 한편으로는 내가 지닌 것, 내 것이라고만 생각한 것, 내가 옳다고 믿었던 것의 곁을 내주고 공백을 만들어야 가능한 것이었다.
또한 나와 너는 무엇이 다른지, 틀린 것이 아니라 다른지를 살펴본다는 이야기이기도 했다.

처음 추진위 활동을 시작했을 때다.

아시아인권문화연대 사무실을 방문하였다. 구상하는 마스터플랜을 말씀드리고 현장에서 경험한 다양한 이야기를 듣다가 문득 이렇게 이주사회에 대해 모르는 것이 많은데 우리가 구상한 내용이 과연 현실적으로 적용 가능한 것인가 불안해지기 시작했다.

당시 이란주 선생님이 하신 이야기다.

"모른다는 것을 인정하면 되지 않을까요? 이미 알고 있다고 해봤다고 이럴 것이라고 짐작하며 더 이상 알려고 하지 않을 때 그게 더 위험한 것 같아요. 그리고 신나게 노래하고 움직이는 팀을 만드신다면서요. 그 부분은 전문가잖아요. 각자 자신이 잘 알 수 있고 할 수 있는 일을 하면 되죠. 너무 많은 책임감과 고민으로 시작하지 마세요. 오히려 몰라서 할 수 있는 일이 더 많으실 거예요."

믹스라이스의 바라도 같은 이야기를 해주었다.

"알고 난 다음 할 수 있다고 미루며 우물쭈물하지 말고 지금 가능한 일, 신나고 재미있는 일, 몰라서 할 수 있는 일 먼저 해보라고."

몰라서 할 수 있는 일.

그랬다. 어쩌면 몽땅의 처음부터 지금까지의 과정은 몰라서 해 볼 수 있었고 안 해봐서 시도 할 수 있었던 것 같다. 어설프게 알았다면 우리 스스로 조심하고 경계하느라 많은 시간을 소요했을지도 모른다.

다르다! 라는 것을 인정하고 시작했다. 대신 공통의 경험을 만들어 갔다. 모른다! 라는 것을 인정하고 시작했다. 덕분에 아는 척, 있는 척, 배운

"알고 난 다음 할 수 있다고 미루며 우물쭈물 하지 말고 **지금** 가능한 일, 신나고 재미있는 일, **몰라서** 할 수 있는 일 **먼저** 해보라고."

▲ 아시아인권문화연대와 함께 한 '음식공감' 프로젝트

척 안할 수 있었다.

그리고 이렇게 모인 사람들이 누구인지, 왜 모였는지, 함께 할 수 있는 일은 무엇인지 탐색하고 관찰하고 시도하며 서로를 알아갔다. 한 명 한 명이 처음 회사를 창업하는 창업가의 마인드로 내가 이 회사의 주인이라는 심정으로 그렇게 출발을 같이 했다.

이 책은 지난 19개월 정도의 몽땅이 걸어온 발자취를 기록한 것이다. 아마 몰라서 용감하고 몰라서 할 수 있었던 이야기가 적혀있을 것이다. 한편으론 19개월 동안 치열하게 알려 하고 해보려 하고 노력했던 일들의 기록이기도 하다.

시간이 흐르면 더 이상 몰라서 용감할 수는 없을 것이다.
모른다는 것만으로 이해받기도 어려울 것이다.
대신 몰라서 괴로운 일이 더 많아지거나 모르는 것이 문제가 될 때도 있을 것이다.
그 때는 경험하고 알고 있는 것에 상상과 창의성을 더해서 할 수 있는 일을 하고 있을 것이다.
다문화나 이주사회에 대해서도 그렇지 않을까. 몰라서 오해하고 참고 때로는 시도하고 노력했던 시간이, 모른다는 것만으로 해소될 수 없는 시간으로 변화하고 있는 것 같다.
게다가 이 땅에서 태어나고 자라고 있는 수많은 아이들이 사회와 만나게 될 시간을 그려보면 이제는 보다 적극적으로 서로를 알아가야 하지 않을까 하는 생각도 든다.

경험이 쌓이고 몰랐던 것을 알아가고 그 경험을 토대로 또 다른 상상과 창의성이 더해진다면 오늘보다는 내일이, 올해보다는 내년을 더 궁금해하고 기대하는 시간으로 살 수 있지 않을까 하는 생각이다.

이런 생각이 누군가에는 너무 이상적이거나 순진한 생각으로 보일 수 있겠고 또 누군가에게는 자극이 되고 함께 할 것이 떠오르는 생각이 될 수도 있고 누군가에게는 자신과는 관계없는 생각일 수도 있을 것이다.

하지만 지금까지 그러했듯 몽땅이 살아가는 것은 우리만의 노력이 아닐 것이기에 우리가 속한 사회에, 우리의 시간이 더해지고 나눠지길 희망한다. 그래서 몇 년이 지나고 난 후에 다시 지금 오늘 이 순간 몽땅은 어떻게 살고 있고 변화되어 있는지 기록할 수 있었으면 좋겠다.

우리는 앞으로도 건강하고 다부지게 잘 살아보려 한다.

지켜보고 응원해 주시길!